23. Mai 2005

Erinnerungen an Leslie
– meine große Hundeliebe –

AF209152

Seine Freude in der Freude des anderen finden zu können, das ist das Geheimnis des Glücks
(Georges Bernanos)

Renate Keller

23. Mai 2005

Erinnerungen an Leslie

– meine große Hundeliebe –

Bibliografische Information der Deutschen Bibliothek:
Die Deutsche Bibliothek verzeichnet diese Publikation in der Deutschen
Nationalbibliografie; detaillierte Daten sind im Internet über
<http://dnb.ddb.de> abrufbar.

Herstellung und Verlag: Books on Demand GmbH, Norderstedt
ISBN 3-8334-4878-4

Erinnerungen an Leslie

– *meine große Hundeliebe* –

wir mussten sie leider, leider, leider am Freitag, den 20.05.2005 um 18.45 h durch den Tierarzt einschläfern lassen.

Leslie, eine Bobtail-Bergamaskerin, geb. am 31. August 1995, hatte ein wunderschönes »Hundeleben«, 9 Jahre und 9 Monate lang, 3550 Tage, 85 200 Stunden, 5 112 000 Minuten. Sie war überall dabei und hat es sehr genossen, immer 24 Std. um und mit uns zu sein. Sie war stets Mittelpunkt in unserem Tun, in der Tagesplanung, Ferienplanung u.s.w. Wir waren gleich von Anfang an ein eingespieltes Team. Sie kam am 1. November 1995 zu uns. Wir haben sie das erste Mal mit 3 Wochen auf dem Bauernhof in Diepoldsau besucht, dann noch mal mit 6 Wochen, wo wir ihr ein lila T-Shirt, welches Herrchen Hans 14 Tage immer abends anziehen musste, damit es auch richtig »stinkt«, mitbrachten, damit sie schon wusste, wo sie hingehört. Mit knapp 9 Wochen konnten wir sie endlich abholen.

Ich nahm sie im Auto auf den Schoß und sie war sofort mein Hund. Sie kuschelte sich an mich als ob sie schon wusste, hier geht es mir immer gut. Sie war gar nicht nervös oder hatte Trennungsangst von ihrer Hundemama oder Geschwister, sie war die erste aus dem Wurf die abgeholt wurde. Die ganze eineinhalbstündige Fahrt war sie wie selbstverständlich bei uns angekommen. Ich habe ihr sofort versprochen, dass ich immer für sie da bin und sie immer beschütze, auf sie aufpasse und alles tun werde, damit es ihr gut geht. Wir waren von Anfang an unzertrennlich. Wir waren mindestens 5500 Stunden gemeinsam Gassi.

Ich muss nun meine Gedanken niederschreiben um ihr ein ewiges Andenken zu hinterlassen. Gedanken können vielleicht irgendwann verblassen (was ich natürlich in unserem Fall nicht glaube), geschriebene Worte nicht. Sie war einmalig in ihrem Wesen, in ihrer lieben, aber trotzdem manchmal dickköpfigen Art. Sie war eingebildet, nach Bestätigung heischend, sie stand gerne im Mittelpunkt, wollte immer dabei sein – wenn mal nicht (sehr selten) – beleidigt und immer, immer fröhlich, sehr aktiv und fit. Kurzum eine fröhliche »Tussi« von Anfang an bis zum Schluss. Sie war sehr menschlich in ihrer Ausdrucksform und Körpersprache. Sie war immer ein freier Hund – nur in der Großstadt – Cityzentrum – angeleint und da nicht immer. Selbst durch Venedig konnte sie frei spazieren. War ihr doch mal irgendwas zu hektisch, konnte sie mir zeigen, dass sie jetzt ausnahmsweise doch an die »Nabelschnur« wollte. Sie war immer »frei«, worauf ich großen Wert legte und trotzdem immer mit mir sehr verbunden. So liebten wir es beide.

Ich schreibe meine Gedanken auf um sie im wahrsten Sinne des Wortes festzuhalten. Noch nie in meinem Leben habe ich ein Tagebuch geführt, es ging ja immer alles weiter und wurde immer schöner, da musste man nichts festhalten, doch jetzt ist ein Punkt gekommen, wo ich die letzten 10 Jahre ganz fest halten will, in Gedanken sowieso und in Wort und Schrift.

Sie wird immer in meinem Herzen sein, doch mit diesen Aufzeichnungen ist ihr ein Denkmal gesetzt wie aus Stein – unvergänglich.

Nun weiß ich gar nicht wo ich anfangen soll, die Ereignisse als Stichpunkte sprudeln nur so aus mir heraus. In diesem Moment der vielen schönen Erinnerungen wo mir so viele einmalige Erlebnisse gleichzeitig einfallen, bin ich heute in diesen Moment wahnsinnig glücklich, dass ich dies alles mit ihr gemeinsam erleben durfte. Es gibt unzählige Fotos von ihr, von uns gemeinsam, mit ihren Hundefreunden und vielen Ausflügen, dass ich wieder sagen muss, sie hat mehr erlebt und erschnuppern dürfen als 10 Hundeleben, in ihrer Intensität. Sie war immer glücklich und ich auch.

Dies tröstet mich jetzt heute am dritten Tag nach ihrem Tod sehr. Sie war mein erster Hund. Vom Entscheid zwischen Hans und mir, ob wir wirklich einen Hund wollen für den wir in jeder Lebenslage da sein wollen und können bis zum 1. November 1995 wo wir sie abholten, habe ich viele Bücher gekauft um mich in die Bedürfnisse und Pflichten eines Zusammenlebens mit Hund ein zu denken, damit ich nicht so viele Fehler mache in der Erziehung etc. An dem Tag als wir mit ihr zu Hause ankamen, besuchte uns gleich Stefan mit Kimba, die aus dem gleichen »Stall«, kam, die gleichen Eltern hatte, nur 3 Jahre älter war, hat sie der älteren Hündin gleich gezeigt »hier wohne ich« indem sie vor ihr her rannte und sich sofort, kaum 10 Minuten »daheim«, in gebieterischer Weise vor der Haustüre auf dem Abstreifer niederließ und somit demonstrierte, dass sie hier der »Chef« ist. Dies war auch ein Zeichen dafür, dass sie sich sofort sehr heimisch fühlte. Der einzige Knackpunkt folgte noch am selben Abend. Dolly unsere Katze ist sehr dominant und war damals 6 Jahre alt. Im Hundebuch stand »zeigen Sie ihrer Katze den Hund erstmalig im Schlaf«. Um das Zusammentreffen zu entschärfen, schenkte Patrick uns schon 3 Wochen vorher einen Stoff-Bobtail mit dem wir die 1. Konfrontation üben wollten. Es ging schief. Wir legten den Stoffhund wie schlafend mitten ins Wohnzimmer und als Dolly zur Terrasse hereinkam, fauchte sie schon in 5 Meter Entfernung. Am Tag unserer Ankunft mit Leslie natürlich erst recht. Bis heute gingen sie sich aus dem Weg, die Katze verbrachte sowieso die meiste Zeit auf ihren Streifzügen draußen und nachts war sie ohnehin unterwegs, d. h. sie gingen aneinander vorbei obwohl dies Leslie nicht verstand. Es war die Entscheidung der Katze, die natürlich das längere Recht im Haus hatte. Leslie hätte gerne mit ihr gespielt, später vielleicht gekuschelt, das wäre meine Wunschvorstellung gewesen. Trotzdem sind aus den 5 Metern Abstand vor 10 Jahren, jetzt 15 cm geworden, die ohne Faucherei gut ging. Wenn wir mal Leslie für 2 Stunden abends alleine und die Terrassentüre offen ließen damit sie raus und rein kam, mussten wir bei unserer Rückkehr feststellen, dass Hund und Katze – zwar im Abstand – aber dennoch friedlich zu zweit auf dem Sofa lagen. Anscheinend ging es ohne uns – zwecks Eifersucht – besser.

Ab der ersten Stunde mit Leslie zu Hause angekommen, setzte ich unsere neue Mitbewohnerin stündlich in den Garten zum Pipi. Wir blieben die ersten Tage bis nachts 2 Uhr auf und stellten den Wecker auf 5 Uhr, so war sie in kürzester Zeit stubenrein. Sie hat nicht ein einziges Mal ins Haus gepinkelt. Ich nahm diese Sache sehr ernst und wir wurden belohnt.

Die erste Nacht machten wir ihr ein schönes Bett in der Diele mit mehreren Kuscheltieren, sie war sehr brav und schlief ruhig – ich nicht – ich musste hören ob alles gut geht. Ab der 2. Nacht war dann ihr Bett aber schon neben meinem am Boden und ich hielt eine Hand zu ihr runter. Es war alles so problemlos schön. Früh wenn sie vor uns wach wurde, kam sie und weckte uns mit wedeln, beschnüffeln und eventuell einem kleinen Kuss. Daran mussten wir uns erst gewöhnen. Wir spielten den ganzen Tag mit ihr und ließen uns mit ihren kleinen spitzen Zähnchen beißen. Unsere ersten Spaziergänge waren natürlich noch kurz und wenn sie nicht mehr wollte, legte sie sich einfach auf dem Gehsteig ab, lief keinen Schritt mehr und ließ sich von uns tragen, was mit 9 Wochen bis ca. 20 Wochen kein Problem war. Ich genoss in dieser ersten Zeit sehr, dass ich sie noch ein bisschen umhertragen konnte. Ins Auto rein, vom Auto raus war selbstverständlich und so schön und kuschelig. Sie hat zu Hause nie etwas kaputtgemacht oder zerrissen, sie war ja nie allein und wurde immer beschäftigt, wenn ihr langweilig war. Sie hat alle Stofftiere von Anfang an bis zum heutigen Tag unversehrt gelassen, sie nur umher getragen und mit ihnen gekuschelt, sie als Liebesbeweis und zur Begrüßung gebracht oder sie als Kopfkissen benützt.

Am 2. Tag als sie bei uns war habe ich sie gebadet, denn sie hat nach Stall gerochen. Nach dem baden, habe ich sie nass in ein Handtuch gewickelt, hoch ins Wohnzimmer getragen und bin mit ihr am Schoß ganz eng zusammengekuschelt eingeschlafen. Wir schliefen ziemlich lange so, denn sie war fast trocken als wir wieder aufwachten. Kontaktliegen!

Sie war ab dem sechsten Tag mit mir im Büro auf Ihrer Decke mit Spielzeug und wurde von allen Mitarbeitern und Kunden geherzt und bewundert – immer Mittelpunkt – und sie genoss es. Sie lernte unsere Freunde, Bekannte und Verwandte kennen, was ganz am Anfang einmal schief ging. Sie war gerade 11 Wochen alt und wir waren bei Freunden zu einer Geburtstagsfeier eingeladen, hatten eine gute Stimmung, Leslie lag immer ganz nahe neben mir und ich habe anscheinend doch mal nicht so aufgepasst, machte sie einem anderen Gast unter dem Tisch die Schürbändel seiner Schuhe auf und ging danach zur Türschwelle vom Wohnzimmer, setzte sich in die Kaktusstellung und schwups, bis ich bei ihr war, legte sie ein Glückswürstchen auf die Schwelle, aber Sch... bringt Glück habe ich gesagt und die Gastgeberin bestand darauf das »Glück« selbst in die Hand zu nehmen...

24. Mai 2005

Mit 16 Wochen machten wir die 1. große Reise mit ihr nach Spanien, Barcelona und mit der Fähre auf Mallorca. Sie saß schon vor- und mitten in den Gepäckstücken im Auto und wollte selbstverständlich mit. Die Fahrt, auf der wir alle 2 Stunden Pause einlegten genoss sie mit uns ganz eng. Sie lag auf dem Rücksitz und legte den Kopf nach vorne zwischen unsere Arme auf ein Kissen, welches wir in der Höhe so drapierten, dass es für sie bequem war. Auf der Überfahrt sollte sie nun im Schiff in einen Hundekäfig. Es war leider nicht anders erlaubt und so mussten wir uns fügen. Von Anfang an hörten wir sie bellen und nach uns rufen, die anderen Hunde stimmten mit ein, ich hörte sie natürlich aus allen heraus. Der Bauch des Schiffes war nach oben bei Abfahrt abgesperrt. Ich sagte zu Hans, sie muss aus dem Käfig raus, sofort. Dazu muss ich noch vorausschicken, dass wir zu Hause schon ein paar Wochen mit einer nagelneuen Fly-Box übten, (wir hatten sie nur dafür gekauft, um sie für die Fähre zu trainieren) aber auch da sollte nur ich drinsitzen mit Leckerli lockend und Leslie schaute von außen rein. Ein Käfig war für sie von Anfang an unmöglich. Wir stellen die Box ins Wohnzimmer, ins Schlafzimmer, auf den Balkon, ins Büro, in den Garten, bis wir sie schließlich verkauften. Also Hans bestach den Steward, der ihn nach unten zum Auto führte und rettete Leslie in unser Auto. Hans war es recht mulmig zumute, das Auto erst 3 Wochen alt und er hörte von verschiedenen

Hundebesitzern, dass ein Welpe sehr gerne knappere.... Doch sie war so brav, hat nur geschlafen, nicht Pipi gemacht und gähnte uns an als wir in Palma ankamen. Ab diesem denkwürdigen Tag, war das Auto der rettende Pol für sie. Doch bald danach gab es dann die Schnellfähre, die in nur 3,5 Std. auf Mallorca fuhr. Sie war immer dabei und nahm es ganz locker. Wassernapf und geöffnete Fenster mit Hundegitter gesichert waren selbstverständlich. Sie ist mit uns 3-4 Mal jährlich am Meer gewesen – fuhr also ca. 30 Mal hin und 30 Mal zurück. Manchmal wenn eine andere Fähre kurzfristig eingesetzt wurde, die 6 Std. dauerte und wir als Entschädigung eine schöne Kabine bekamen, konnten wir unseren kleinen Bobtail 3 mal mit in die Kabine »schmuggeln«.

Apropos schmuggeln – wir waren als Leslie 1 Jahr alt war in Rom zu einer Hochzeit eingeladen. Das Hotel war eigentlich mit Hund gebucht, aber als wir dort ankamen, wollte plötzlich niemand mehr etwas davon wissen. Sie war viele Hotelbesuche bereits gewöhnt und verhielt sich sehr weltgewandt. Ging die Türe automatisch auf, fand sie das toll und stolzierte hinein. So gingen wir nun auch in Rom – mehrere Gäste, Verwandte und Freunde nebeneinander versetzt in der Hotelhalle an der Rezeption vorbei. Ich ging mit Leslie ganz rechts außen so dass der Rezeptionist sie nicht sah – und da er ja kein Hund war, auch nicht witterte – und so kamen wir 2 Abende unerkannt ins Zimmer. Früh morgens beim hinausgehen hörte ich nur »Signorina«, aber da waren wir bis zum Abend schon wieder draußen. In Italien ist die Hundefreundlichkeit in öffentlichen Räumen nicht sehr groß, jeder auf der Strasse ruft zwar »o che bello«, aber z. B. in der S – Bahn gelten strenge Gesetze, die wir nicht kannten und im Taxi ist er auch nicht erlaubt. In der S- Bahn durften nur kleine Hunde mitfahren und die nur mit Maulkorb. Was machen wir nun mit Leslie?? Da wir keine Obrigkeitsanbeter sind, riskierten wir von Ostia, ca. 35 km nach Rom Centro Leslie einfach schnell in die S-Bahn reinzuschmuggeln, was uns auf der Hinfahrt auch gelang. Sie stand zwischen uns und war brav wie immer. Die Rückfahrt gestaltete sich schwieriger. Ein Schaffner, Wärter oder ähnliches rief mir hinterher. Ich stellte mich taub und nicht italienisch verstehend und lief weiter, bis plötzlich eine Schranke kam, dann waren wir in seinen Fängen. Er klärte uns auf, dass der Hund zu groß sei und außerdem keinen Maulkorb hätte. Im Taxi geht es aber auch nicht sagte ich und wie sollen wir nun nach Ostia zurückkommen. Er sagte, es tut ihm leid, aber es seien nur kleine Hunde erlaubt, die man tragen könne. Das war das Stichwort: Patrick hob Leslie spontan hoch (32 kg), man sah ihn fast nicht mehr und fragte freundlich: Ist es so ok?. Da hatten wir die Sympathie des eigentlich freundlichen Mannes in Uniform gewonnen. Er fuhr ca. 6 Stationen mit uns, wo er Leslie selbst an der Leine hielt. Nachdem er sich in dieser Zeit überzeugte, dass sie keine Mitreisenden fraß, stieg er wieder aus, überließ die Leine wieder mir und wir konnten die letzten paar Stationen alleine weiterfahren. Italia e libertá!!!

Es folgten noch viele Hotelübernachtungen in Venedig, am Gardasee, im Tessin, in Frankreich, Provence, Toskana, Insel Raab, Schweiz, Deutschland, Italien. Sie schnupperte sich durch ganz Europa. Durch sämtliche Parks, Wiesen, Wälder, Grünanlagen, Seen, Flüsse und Bäche, wir machten zusammen Pique-nique und gingen essen. Beim Shopping waren sich Leslie und Hans einig: Sie gingen lieber in eine kleine Bar oder ein Café und ließen Frauchen kurz alleine bummeln um sie danach wieder freudestrahlend zu begrüßen.

Das Meer liebte sie über alles. Sie hatte keine Angst, hüpfte auch über die Wellen, und hatte keine Abneigung gegen das Salzwasser. Schon 15 km bevor wir am Strand ankamen, pfiff sie im Auto vor Freude und konnte es kaum abwarten dort anzukommen. Sie rannte vom Parkplatz über den Sandstrand sofort ins Meer, lief ein paar Meter hinein, drehte sich wieder landeinwärts zu uns um und ließ sich wohlig im Platz nieder. Die Wellen schlugen ihr bis zum Hals und darüber und sie schaute uns erwartungsvoll an. Natürlich rannte sie danach raus um sich genau neben uns zu schütteln. Wir schrieen kurz auf – aber erfreuten uns an ihrer Lebensfreude. Ich liebte sie umso mehr sie sich freute und das tat sie immer. Wir gingen am Strand spazieren, badeten mit ihr, warfen Ball oder Stöckchen ins Wasser, sie holte sie unermüdlich. Wir schwammen mit ihr in unserer Mitte und waren alle glücklich. Sie sprang mit großem Mut vom Boot ins Meer und erreichte den Strand locker. Wieder zurück am Boot ließ sie sich von den kleinen Wellen wiegen und schlief wie in Abrahams Schoß. Sie war in jeder Lebenslage problemlos und man hatte das Gefühl, alles was wir gerne machten – liebte sie auch.

Manchmal ließ sie sich zum ausruhen von Hans kurz am Bauch halten. Sie und wir konnten ihre Kräfte sehr gut einschätzen. Wir schwammen an Land für Leslie – Pipi- und Hans – Wein Pause.

Nach dem Baden legte sie sich »Bobtailnass« in den Sand und das bedeutete den »panierten Hund«. Seit 10 Jahren lagen wir nicht mehr sauber, eingecremt und faul am Strand. Wir waren immer voll Sand, der an der Sonnencreme klebte, wurden mit frischem Salzwasser beschüttelt, mussten mit ihr Sand buddeln und irgendwas ins Meer werfen, das sie wieder durch die Wellen springend holte. Lagen wir mal am Bauch und bewegten unsere Zehen ein bisschen, stürzte sie sich gleich drauf und fing auch zu buddeln an. Wenn wir Pech hatten, kam eine Ladung Sand geflogen. Wir machten alles gerne mit. Wir gingen schon früh um 8 Uhr an den schönen langen Sandstrand, liefen ca. 15 Minuten und lagen dann so gut wie allein dort. Die meisten Leute wollten nicht so lange laufen und so hatten wir ein großes Stück Strand nur für uns und Leslie. Es war sozusagen unser Schwimmgassi. Sie schwamm wie ein Weltmeister, oft, weit und unerschrocken. Auch die Wellen liebte sie sehr und ließ sie über sich schwappen. Wo sie noch stehen konnte, sprang sie hoch, meine Wellenreiterin. Man musste nie Angst haben, dass sie sich an einem festhalten wollte oder so nahe kam, dass sie uns kratzte, unsere Schwimmerin. Um 11.30 h war es dann genug für uns alle und wir fuhren zurück um in der Finca Siesta zu machen.

Wir haben im Frühjahr und Sommer unser Boot immer am Rhein. Leider vertrug sie nur das Salzwasser, sie war danach immer schneeweiß, im Rhein bekam sie nach ca. 12 Std. einen juckenden Ausschlag, der immer mit Cortison behandelt werden musste. Bis wir endlich darauf kamen woran es liegt. Speziell das Wasser im Rhein löste die Allergie aus, leider merkten wir es erst nach 2 Jahren. Es wurde eine Futtermittelallergie oder Staub-Milbenallergie angenommen. Wir ließen verschiedene Tests machen, aber irgendwann merkte ich es kommt vom Rheinwasser. Wir durften Sie leider nicht mehr darin baden lassen, aber der Spuk war endlich vorbei. Ansonsten stürmte sie das ganze Jahr über Wiesen und Felder über Stock und Stein mit ihrem Ball oder Stöckchen und freute sich ihres Lebens. Wir gingen bei jedem! Wetter unsere Runden und scherten uns nicht um die »Schönheit« des Bobtail-Haares. Wieder zu Hause kamen dann die Pfoten bei Matschiwetter in einen Eimer mit lauwarmen Wasser und um den Rücken ein großes Handtuch. Sie ließ sich einwickeln und lief mit dem Handtuch am Rücken, auch als sie schon fast trocken war durchs Haus, sie schüttelte es nicht ab. Sie war die liebenswerteste »Tussi« die ich je kannte.

Wir kletterten über Felsen und Buchten und dann schwammen wir wieder im Meer, was einmal zur Folge hatte, dass wir in Spanien zum Tierarzt mussten, weil ihre Pfotenballen durch Salz und Stein aufgescheuert waren. Wir salbten und zogen ihr Socken an, was sie ohne Murren geschehen ließ – nach dem Motto: aber schön war es doch. Von da an wurden sie im Urlaub immer abends eingefettet.

Wenn ich auf der Liege lag, legte sie sich oft darunter, was mit ihrer Größe gar nicht so einfach war. Bis sie dann unten war und sich ein paar Mal drehte, bis sie richtig lag, hob sie mich von unten an, das war auch immer goldig. Wenn wir im Sommer mal ein Eis am Stiel aßen, meist im Auto, wollte sie natürlich auch was abhaben. Wir ließen ihr eine kleine Portion am Holz und sie schleckte es genüsslich und langsam ab. Herzig!

Heute früh müsste ich daran denken, dass nun in diesem Jahr keine einzelnen Grasbüschel mehr in der Wiese in die Höhe schießen werden. Die Stellen wo sie Pipi machte.

Auf Mallorca hatte sie einen feurigen spanischen Geliebten, der während unserer Anwesenheit nicht von ihrer Seite wich – Petit, ein kleiner Mischling á la Pinscher, aber Macho! Sie küsste ihn und schleckte in das Maul ab, er genoss es und hielt still.

Er ging erst nach Hause wenn wir ins Bett gingen und früh am Morgen stand er schon wieder vor unserer Türe. Sie ließ ihn ins Wohnzimmer und in die Küche, aber in den oberen Stock in ihre Gemächer ließ sie ihn nicht. Sie freuten sich jedes Mal auf das nächste Wiedersehen. Grande Amor de la Perro Espanol. Muchos Besos para Perro Petit.

Zu Hause in Deutschland hatte sie auch 3 ganz dicke Freunde. Kimba, Hutsch und Lucy. Sie verbrachte viele schöne Stunden, Tage, Wochen, Monate und Jahre mit ihnen in jeder Lebenslage. Sie sahen sich oft, freuten sich aufeinander und waren glücklich, wenn sie beieinander waren. Es gab auch noch viele andere Gassi Zufallsbekanntschaften, aber ohne diesen Tiefgang. Mit der Zeit verstand sie auch spanische Kommandos und von Pepe, unserem spanischen Nachbarn verlangte sie immer sofort bei jedem Besuch Wasser aus seiner eigenen Zisterne! Wir liefen von unserer Finca über Stock und Stein um zu unserer Freundin »Tante Minna« zu gelangen. Leslie wusste schon bei ihr bekommt sie immer ein Stück Fleischkäse oder ein gebratenes Hühnerbrüstchen und so lief sie immer gern im Fröhlich – Schritt zu ihr zu Besuch.

Wenn wir nach Nürnberg fuhren, freute sie sich schon auf Henrietta, eine Bobtail-Collie Mischlingshündin, die ihr nicht unähnlich war, nur etwas größer. Mit ihr gingen wir immer am Sonntagmorgen Gassi und sie spielten miteinander. Wenn wir mal auf der Natursteinmesse waren, durfte sie ein paar Stunden in ihrem Garten verbringen.

Wenn wir zu Hause waren hatte sie öfter die Angewohnheit, speziell im Winter, wenn die Heizung an war und ihr irgendwann zu warm wurde, rein und raus zu wollen. Hans öffnete meist die Terrassentüre um sie in den Garten zu lassen. Manchmal wollte sie aber schon nach 5 Minuten wieder rein und so hatte Hans auch seine Abendgymnastik. Manchmal lockte sie ihn aber auch nur vom Sofa und anstatt raus zu laufen, ging sie schnell zurück und hüpfte auf seinen Platz auf das Sofa. Das fand ich! sehr witzig.

Heute am 24. Mai geht es uns, speziell mir immer noch gleich schlecht, manchmal ist es für eine Stunde besser, dann schüttelt mich wieder ein Weinkrampf. Ich fühle mich so allein ohne Leslie, wie amputiert und sie fehlt mir schrecklich.

Alle meine Freundinnen sind wahnsinnig lieb und wollen mich behutsam aufmuntern, aber es kommt noch nicht so richtig an. Catherine war am Freitag dabei, das hat mir sehr geholfen. Ich weiß, ich muss durch diese schwere Zeit durch, den Schmerz annehmen, das mach ich schon und geniere mich nicht, aber durch die Trauer durch und nur noch die schöne Vergangenheit sehen, so weit bin ich noch nicht. Aber durch dieses tägliche Niederschreiben meiner nervösen übersprudelnden Gedanken komme ich dem doch ein Stückchen näher, hoffe ich jedenfalls.

Gestern habe ich die letzten Fotos von Leslie, seit ca. Ende 2003, die im PC gespeichert sind, ca. 84 Stück per Internet als Abzug bestellt. Ich weiß es ist vielleicht verrückt, aber ein paar der schönsten, z. B. auf dem Boot, kommen zu meiner Sammlung und werden an meine Bilderwand aufgehängt. Ein paar nehme ich mit ins Büro, in meine Handtasche, die anderen bleiben im Schub, wo ich sie jederzeit anschauen kann. Nach Mallorca müssen auch noch ein paar mit.

25. Mai 2005

Heute am Mittwoch, den 25. Mai habe ich Punkt 8 Uhr morgens noch mal den Tierarzt angerufen und gesagt, ich habe Gewissensbisse, ob es wirklich so schnell sein musste und ich mir so viele Gedanken darüber mache, richtig gehandelt zu haben, da ich ohne großen Widerspruch an die Aussage der 3 Ärzte geglaubt habe und so spontan reagiert habe, indem ich ihr natürlich ein Leiden und qualvolles Sterben innerhalb der nächsten Tage oder vielleicht 2 Wochen ersparen wollte. Die Kardiologin sagte es kann stündlich passieren, dass sie qualvoll erstickt und einen unschönen Todeskampf hätte bei diesen Befunden, dass mir keine andere Wahl bliebe, wenn ich sie nicht leiden lassen will. Sie sah aber noch so gut aus, es war so furchtbar für mich. Es ging alles so schnell vom Samstag, den 14. Mai als sie kollabierte bis zum Freitag, den 20. Mai, der ihr Todestag sein sollte.

26. Mai 2005

Plötzlich ist alles so sauber ohne ein paar Haarmäuse oder kleinen Stöckchen vom Gebüsch oder Blätter. Meine Schuhe sind nicht mehr schmutzig, ich muss mir morgens nicht mehr überlegen, wie ist das Wetter beim Gassi, was muss ich anziehen, ist es kühler oder wärmer. Es ist so langweilig, so sauber und rein. Es kommt mir so komisch vor. Ich würde gerne jeden Tag saugen oder kehren und bei Windstärke 5 spazieren gehen, wenn ich sie nur noch bei mir hätte, meine Leslie. Was wirklich wichtig ist im Leben ist Liebe und emotionale Bindung, sonst gar nichts.

Gestern Abend war ich das erste Mal mit Ingeborg Rad fahren, weil ich noch nicht so weit bin, die gleichen »Gassi« ohne Leslie zu laufen. Aber Bewegung brauche ich, ich bin es ja durch meine Leslie so gewöhnt. Die Idee von Ingeborg ist sehr gut gemeint und funktioniert glaube ich auch.

Heute früh war ein Feiertag, wo wir wie Sonntags auch, im Bett frühstückten. Es ist wieder so ein Ritual, wobei sie mir so sehr fehlt. Sie kam vom Bett Ende zwischen unsere Zudecken auf das Bett hoch und wir frühstückten zu dritt in einer schönen Eintracht. Sie bekam meist Butterbrot, das sie so liebte oder ab und zu ein Stück Zopf oder ihre Hunde-Gemüse-Gutis, natürlich von Hand gefüttert. Auch das war eine besondere Eigenart von ihr. Man durfte ihr nichts wie einen »Hund« hinwerfen, sie wollte jedes noch so kleine Guti auch im cm Format, einzeln und von Hand. Sie wollte sowieso nie große Stücke und nahm alles so wahnsinnig zart aus den Fingern. Man sollte sich sehr intensiv mit ihr beschäftigen, was ich ja auch immer tat. Bekam sie mal bei einem Gartenfest oder in einem Gärtle vom Wirt eine ganze Bratwurst, nahm sie sie ins Maul um sie kurz darauf wieder fallen zu lassen, sah mich und den Wirt an und fraß sie mit Begeisterung, wenn ich sie ihr in mehreren Teilen fütterte. Gab ich ihr im Büro mal eine handvoll kleiner Gutis auf ihr Kissen, ließ sie sie meist zuerst liegen oder sie entschied sich eine halbe Stunde später dann doch dafür. Im Büro ließ ich ihr immer nachmittags von unseren Mitarbeitern ein paar Hundekuchen geben, die sie meist so um 15.30 h einforderte. Wir gingen während der Bürozeiten öfter mal hinten raus auf die große Wiese und warfen Ball, Stöckchen oder Äpfel, sie war glücklich. Im Büro selbst begrüßte sie die Kunden stets persönlich und sortierte gleich die guten von den schlechten, indem sie ihre Begrüßungszeremonielle folgendermaßen einteilte:

Gar nicht unter dem Schreibtisch vorkommen (Unsere Tische stehen gegeneinander, das heißt der Platz darunter ist 2 x 2m groß, der Kunde konnte sie gar nicht sehen) hieß:

ganz unsympathisch und obendrein schlechte Zahler, was sich immer im nachhinein bestätigte.
Kurz vorkommen, kurz schnuppern und sofort wieder zurück hieß: na ja!

Vorkommen, wedeln als ob sie sie schon kennt und sich ein bisschen streicheln lassen, bewundern lassen, sagen lassen, dass sie eine Schöne ist, ihre zwei verschieden farbigen Augen bewundern lassen und mitten im Büro liegen bleiben hieß: das sind nette Kunden, die mag ich.

Die nächste Steigerung war sich am Besprechungstisch vor die Füße des Kunden zu legen, ihnen ihr Stofftier zu bringen oder noch besser, das Pfötchen zu heben und streicheln einfordern, was natürlich immer von diesen nettesten, sympathischsten Leuten auch gemacht wurde.
 Sie hatte den sechsten Sinn, was uns Menschen manchmal abgeht, sie spürte alles.
 Sie war unsere perfekte Empfangsdame.

Sie brachte immer ihr Stofftier zur Begrüßung, wenn ich mal kurz weg war. Es war auch ein besonderes Zeremoniell. Ich kann es nur beurteilen, wenn Hans, Freunde oder verschiedene Handwerker zu uns kamen, oder mal jemand bei uns übernachtete und dann am morgen die Treppe hochkam. Es hatte also nicht unbedingt mit der Klingel zu tun. Sie hörte es kommt jemand, natürlich schon vor mir, stand auf oder hüpfte vom Sofa, suchte aufgeregt nach einem Stofftier im Wohnzimmer, Garten oder Diele, nahm es ins Maul und rannte zur Türe oder Treppe. Ohne Stofftier hat sie kaum jemanden begrüßt. Wenn wir im Garten saßen und sie unter ihrem Lieblingsgebüsch lag und es kam jemand, rannte sie kurz zum Gartentürchen hin, um aber sofort wieder weg zu rennen und ein Stofftier zu holen.

So hieß sie jeden Besucher herzlich willkommen. Sie hat mein Herz berührt mit ihrer liebenswürdigen Art.

Nicht so liebenswürdig war sie, wenn jemand ins Auto greifen wollte, um sie zu streicheln. Das ließ sie nicht zu, es war ihr Heiligtum und ihre Privatsphäre. Da schaute sie dann mit starrem Blick und schnappte zumindest in die Luft, wobei sie kurz vorher auch ihre Lefzen ein Stück höher ziehen konnte. Ich hätte im offenen Z3 tausende von Euro auf dem Fahrersitz liegen lassen können, es hätte sie niemand geklaut. Also doch ein Wachhund. Einmal hat sie Bobby, einen Nachbarspudel geschüttelt, weil er immer dort vor dem Zaun markierte, wo sie gerne lag, nehme ich jedenfalls an.

Ansonsten ging sie sogar mit mir auf die Toilette, zu Hause und im Büro damit sie auch ja nichts verpasste. Sie ließ sich gerne am hinteren Rücken, wo sie selbst nicht hinkommt, krabbeln. Sagte ich im Büro ich geh mal schnell auf die Bank oder was einkaufen, war es ohne Frage klar, dass sie aufstand und mitging. Autofahren und natürlich überall dabei sein wollen war nämlich auch eine große Leidenschaft von ihr. Am liebsten so eng wie möglich. Im Z3 auf dem Beifahrersitz war sie jemand und nicht irgendein Hund. Sie saß im Sitz, genauso hoch wie ich, neben mir und an der Kreuzung drehte sie den Kopf nach rechts und links wie ich – es war so goldig. Wenn ich langsam fuhr, kraulte ich sie während der Fahrt am Brustkorb oder Hals. Wenn ich die Hand wegnahm, hob sie ganz langsam ihre linke Pfote in meine Richtung ohne mich dabei zu berühren, das hieß weitermachen. Ich redete mit ihr und erzählte ihr wo wir jetzt hinfahren, dass wir später Gassi machen und wo wir eventuell abends noch hingingen. Ich sagte ihr gleich sie darf mit, was sie wieder mit langsamen Pfotenheben und zu mir herüberschauend verstehend quittierte. Viele Passanten, die uns so fahren sahen, besonders wenn wir offen fuhren, schmunzelten und hatten an ihr auch ihre helle Freude. In diesem Auto als Beifahrer, sozusagen gleichberechtigt, verhielt sie sich z. B. am Zoll ganz anders. Während sie im Combi von Hans hinten saß und die Zöllner anbellte, wenn wir kurz anhielten, saß sie im Z3 kerzengerade im Sitz, Blick geradeaus, Kopf und Nase stolz erhoben und schaute nicht mal nach links, selbst wenn jemand sie ansprach – eben wie gesagt eine richtige Tussi! Ich liebte sie für diese dickköpfige, unbestechliche Art sehr.

Manchmal fragte ein Zöllner: Hätt dä Kolleg au dä Uswies däbii? Ich sagte ja und er durfte sich das tolle Foto darin anschauen.

Sie war grundsätzlich eine schöne Hündin mit ihren langen schwarzen Haaren, die am Rücken eine weiße Strähne zierte und dem weißen Kopf und Vorderläufen, aber sie war nicht gestylt. Ich kämmte sie 1 x wöchentlich mindestens eine Stunde zur Fellpflege und Knubbelentfernung, dazwischen mal kurz oberflächlicher, schnitt ihr den Pony ein bisschen, damit sie alles in der Welt sah und nichts verpasste. Sie ließ sich gerne kämmen, nur am Bauch und den Vorderpfoten nicht so. Am Bauch schnitt ich daher die Knubbelchen mit der Schere ab damit ich sie nicht ziepen musste. Bei schlechtem Wetter besonders im Frühling und Herbst war sie schon öfter mal ein kleines Schweinchen. Ich ließ sie immer ohne Leine rennen und sich austoben – ohne Rücksicht auf Verluste – dass sie gleich wieder völlig nass und dreckig ist. Es dauerte dann eben min. 2 Std. trotzdem ich sie mit dem Handtuch abrieb bis sie wieder trocken war und einem Bobtail glich. Aber das war mir immer egal, ich liebte sie sauber und dreckig, schön und stinkend, nass und schmuddelig oder paniert am Strand. Sie war ein fröhlicher Raubauz, wild und unbändig beim

Gassi, sie durfte immer durch Wiesen und Wälder sausen, wir warfen Stöckchen, Bälle und Tannenzapfen, sie ließ uns nie aus dem Blickfeld und bezog uns immer in ihr Spiel mit ein, so machte es ihr Spaß. Einfach neben uns her rennen war nicht ihr Ding. Danach hieß es dann wieder Grashalme, Grassamen oder Kletten, besonders in Spanien, aus ihrem Fell zu wursteln. In der Falläpfelzeit kannte sie genau die Wege wo sie lagen. Wollte ich mal in eine andere Richtung, aber an verschiedenen Spazierwegen, blieb sie stehen und wollte zuerst zum Apfelwerfen. Wir hatten viele Rituale und waren natürlich ein eingespieltes Team. Bis vor 2-3 Jahren sprang sie im Sommer, wenn ihr durch das rennen zu warm war in jeden Brunnen der auftauchte. Das ging ja noch – außer wir wollten nach dem Spaziergang gleich weg oder waren eingeladen. Aber einmal sprang sie in einem Garten in ein grünspaniges Biotop – genauere Beschreibungen brauche ich dazu glaube ich nicht zu geben. Ein anderes Mal in einen noch nicht auf Vordermann gebrachten grünspanigen Brunnen.

In beiden Fällen musste ich aber noch mit dem Auto ein paar Minuten heimfahren um sie sofort zu duschen und zu schamponieren. Das hasste sie. Ich stand mit ihr in der Dusche, Türe zu, sonst wäre es gar nicht möglich gewesen, obwohl sie andererseits ja so eine Wasserratte und Schwimmerin war. Natürlich passierte dies an einen Abend wo wir weg gehen wollten oder einen Termin hatten. Ich fönte sie nach dem duschen ein wenig, damit wir sie überhaupt mitnehmen konnten. Aktion pur. Das gefiel ihr wunderbar und immer wenn sie mal den Fön hörte (wir benützen ihn selten) kam sie ins Bad und machte gleich »Baby« = auf dem Rücken liegend und alle viere von sich gestreckt. Ich fuhr ihr dann schnell mit der warmen Luft 2-3 mal über den Bauch und sie ging wieder – auch ein Ritual. Um auf das Wort »Baby« zu kommen: eigentlich ist es ein Ersatzwort und hieß am Anfang – wir sind unschuldig, denn es lernte ihr schon als Welpe ein Freund von uns – Leslie mach »Schwizer Maidli«. Was sie meistens befolgte und einmal im Büro sehr peinlich war. Als Hans´ Bruder hereinkam, Leslie begrüßte und gleich sagte »Leslie mach Schwizer Maidli« und wir gerade mit einer Dame von den Schaffhauser Nachrichten am Tisch saßen. Sie wollte vom Bruder eine nähere Erklärung…, dann lachten wir alle sehr. Leslie hat überhaupt oft den Bann gebrochen zwischen Kunden und uns, d. h. zwischen Käufer und Verkäufer, da wir auch Grabsteine verkaufen und dies oft mit großen Emotionen verbunden ist oder aber auch anfänglicher Zurückhaltung, hat sie mit ihrer fröhlichen Begrüßung der Kundschaft den Schritt gelöst. So beschrieb es Hans immer. Die ersten Worte waren gesprochen, Leslie wurde gestreichelt und die Kunden fühlten sich gleich wohler. Es war gleich viel familiärer. Auch ein Pluspunkt, der an unsere Leslie als Empfangsdame geht, wie noch tausend andere.

Um sie vor den Gefahren der Straße zu schützen, lernte ich ihr das stehen bleiben indem ich sagte »Leslie Auto«. Sie lernte es schnell (nur wenn sie eine Katze sah oder es knallte war es wirkungslos) und so benützte ich das Wort auch bei Joggern, Radfahrern, Leuten, denen ich von weitem ansah, dass sie Angst haben oder jeglichem, wo ich wollte, dass sie stehen blieb. Es funktionierte immer. Sie blieb stehen und kam sofort zu mir zurück, wo ich sie dann je nachdem an die Nabelschnur nehmen konnte. Sie wurde immer gelobt und es ging fast immer gut.. Wenn es irgendwo knallte oder ein Schuss fiel allerdings nicht. Da war sie immer ein Angsthase. Einmal ging Hans mit ihr ein paar Tage nach der Fasnacht spazieren. Es dämmerte schon und regnete. Es ertönte ein Knall (Fasnachtsfeuer) wir dachten nicht daran und sie wieselte über die Wiese Richtung Wald zwischen Lottstetten und Rafz. Hans rief »Auto«, Leslie bleib stehen, komm u.s.w, rutschte aus, fiel in die Pampe, erwischte sie nicht, es war schon fast dunkel.

Er holte mich ab, wir zogen Gummistiefel an und machten uns in der Richtung auf die Suche. Ich war verzweifelt, da ich nicht wusste, wie weit, wie schnell sie lief oder wie viele Haken sie in welche Richtung schlug. Hans wurde natürlich fürchterlich beschimpft. Wir blieben dann noch mit dem Auto im Morast stecken. Ich hatte wahnsinnige Angst sie nicht mehr zu finden. Dann hatte ich die Idee wir fahren zum beleuchteten Zoll Solgen, die grobe Richtung sie auch nach Hans´ Aussage eingeschlagen hatte. Als wir dort bei viel Verkehr ankamen, sah ich sie schon am Rand ganz nervös hin und her rennen. Ich sprang aus dem Auto – der Zöllner tat blöd, da ich zu Fuß über die »Grenze« hetzte, ohne ihn eines Blickes zu würdigen. Ich durfte natürlich keine Zeit verlieren, da sie vielleicht sonst wieder Richtung Wald zurück gerannt wäre. Ich rief ihren Namen, sie blieb stehen und ich konnte sie verschreckt aber wohlbehalten und total verdreckt – wegen Regen und Matsch, Gott sei Dank, in meine Arme schließen. Der Auslöser ihrer Knallangst – bis zu ca. 2 Jahren gar kein Problem – war bei einem Kurzurlaub in Südfrankreich. Wir besuchten nach verschieden Rundfahrten und Spaziergängen durch die Provence die Stadt Avignon. Als wir durchs Zentrum liefen kam plötzlich ein starker Wind auf und bis wir uns versahen, fielen ein paar Kleiderständer, welche vor den Läden standen mit großem Geklapper um. Alle Passanten, wir und natürlich unsere Leslie erschraken sehr. Ich hatte sie zwar an der Nabelschnur, aber sie ist so erschrocken, dass sie mir sogar aus dem Halsband bockte und ca. 10 m weiter in einen Hauseingang einbog, wo sie gottlob zitternd stehen blieb. Seit diesem Tag hat sie auf dieses Geräusch oder Schaufensterrolllladen, Knall und Donner extrem reagiert. Sie wollte dann keinen Schritt mehr gehen und immer in ihr rettendes Auto zurück oder doch wenigstens in ein Restaurant. Ein Nachbar sagte mir, ich sollte eine leere Coladose vor mich her stupsen, dies wäre auch so ein penetrantes Geräusch und sie so wieder daran gewöhnen. Ich probierte es natürlich sofort aus und sie spielte freudig mit ihr ohne Angst, biss hinein, trug sie und wartete bis ich sie wieder ein paar Meter weiterbugsierte. Das war eben für sie ein anderer Ton, der keine Gefahr barg. Bei Gewitter zu Hause, legte sie sich, wenn ich in der Küche war, zwischen Küchenschrank und meine Füße. Man kann sich denken in welcher Stellung ich gekocht habe.

Unsere Haupturlaube waren seit 1995 und Leslies Geburt immer auf Mallorca in unserer Finca. Wir fuhren immer mit dem Auto. Schon wenn wir packten, saß sie drin. Bei jedem Koffer oder Tasche, die wir laden wollten, mussten wir sie immer erst wieder rauslocken, um die Gepäckstücke überhaupt einladen zu können. Wir fuhren im klimatisierten Auto – Leslie am Rücksitz in ihrer Hängemattendecke und ihrem Kissen – nachmittags weg und übernachteten in einem sehr hundefreundlichen Hotel in Montpellier. Am Abend gingen wir essen wo meist Leslie zuerst bedient wurde, indem sie einen großen Wassernapf bekam, bevor wir unseren guten Wein genießen durften. Am nächsten Morgen nach dem Hotelfrühstück und Leslies Butterbrot fuhren wir weiter Richtung Barcelona. Am Parkplatz Girona, ca. 45 Minuten vom Hafen entfernt machten wir immer noch unser großes Gassi. Es ist ein schöner Park im Schatten, den wir mit ihr mehrere Male umrundeten bis sie ihre Pipi´s und Scheißi erledigt hatte, umhergeschnüffelt hatte und wir die Ballwurfgymnastik hinter uns gebracht hatten. Dann ging es zur Fähre. Waren wir früher dran oder es war Ostern oder Weihnachten, d. h. nicht heiß, gingen wir noch auf der Mole spazieren. Einmal hüpfte sie mitten in einen begrünten Blumenkasten, der kaum größer war als sie und machte Pipi, es sah sehr ulkig aus. Ein anderes Mal machte sie mitten auf dem Zebrastreifen Scheiß, da war wohl noch mehr drin, Hans ging schnell weiter. Wir saßen bei Verspätung auch schon 2 Stunden auf einer kalten Terrasse, da in Spanien im Restaurant Hunde verboten sind. Einmal kaufte ich dort in einem Laden nebenan noch einen Pulli für Hans, damit sich Frauchen mit ihren Bläschen nicht so lang auf den kalten Stuhl setzen musste. Für Leslie war uns nichts zu mühsam oder zu teuer. Die Fähre war für Leslie immer problemlos. Anfangs gab ich ihr Reiseübelkeitstabletten vom Tierarzt. Später nicht mehr, sie war das schaukeln ja von unserem Boot gewöhnt und es gefiel ihr sehr. Sie vertrug die Überfahrt, ca. 3.5 Std. immer gut und freute sich bei der Ankunft uns wieder zu sehen. Manchmal saß sie bei unserem Eintreffen im Auto auf dem Fahrersitz. Das machte sie, wenn andere Passagiere zu ihr reinschauten oder ans Fenster klopften und es hieß »weitergehen, mein Auto in Ruhe lassen und außerdem bin ich hier der Chef«.

Im Restaurant war sie vorbildlich. Wir nahmen sie mit 9 Wochen schon mit, trotz Pipi – Angst – Stress von Frauchen und Herrchen. Es ist aber nie etwas passiert. Sie blieb brav mit Wasser und Guti unter dem Tisch. Ihr erster Restaurant Besuch war bei einem Freund in Rafz, er brachte ihr ein Kissen und unser kleiner Wuschel durfte sogar auf der Bank Platz nehmen, wo sie sich streicheln ließ und bald einschlief. Bis heute steuerte sie immer wenn wir irgendwo parkten zielstrebig das nächste Restaurant an, auch wenn wir gar nicht rein wollten. Ich sagte dann immer Leslie heute nicht. Sie war eben auch ein guter Wirtschaftshund und sehr gesellig. Später als sie erwachsen war blieb sie immer brav unter dem Tisch liegen, aber nur bis Punkt 22.30 h, man konnte die Uhr danach stellen, dann wollte sie heim. Dieses Ritual begann so mit ungefähr 2-3 Jahren. Also sie legte sich zuerst neben den Tisch, so dass die Bedienung mitunter ein bisschen Mühe hatte und fing dann an leicht zu pfeifen, erst zart und kaum hörbar, dann etwas massiver. Sie wollte unsere gemeinsame »Sofa – Time« nicht missen. Jeder auf seinem Platz im Wohnzimmer, ein bisschen fernsehen, sie zwischendurch streicheln. Oder sie zwischen uns auf dem Sofa auf ihrer Decke (sie ging nur hoch wenn »ihre« Decke darauf lag) und natürlich kuscheln. Genauso verfuhr sie wenn wir Besuch zu Hause hatten. Sie war im Garten oder bei uns und unseren Gästen im Wohnzimmer, freute sich dass alle beisammen waren, manchmal war auch einer ihrer Hundefreunde mit da, aber fast auf die Minute genau fing sie an zu pfeifen. Nach ein paar Minuten ging sie auf das Sofa hoch, sah zu uns zum Esstisch rüber und pfiff ziemlich laut.

(Zu Hause lauter als im Restaurant). Unsere Freunde die es schon kannten, sagten dann immer Leslie wir gehen gleich… Man konnte sie nur besänftigen, wenn sich einer von uns zu ihr setzte und sie streichelte. Wieder ein Ritual.

Wenn wir allein zu Hause waren, blieb sie immer so lang mit uns im Wohnzimmer bis wir alle zusammen ins Schlafzimmer gingen. Ich sagte immer komm Leslie heia machen. Sie ging noch mal kurz in den Garten Pipi machen und schnurstracks ins Schlafzimmer auf ihr Bett, dass aus 3 Kopfkissen in einem selbst genähtem Überzug bestand, immer noch besteht und immer noch dort liegt. Es liegt übrigens alles noch so da wie immer. Ihre Decke am Boden im Wohnzimmer mit Ihrem Plüschtier darauf, welches sie die letzten Tage zum kuscheln hatte, die anderen Tiere hinter der Garderobe wo sie immer lagen, die Näpfe in der Küche, die Bälle im Garten, die Leinen im Auto, ihr Handtuch auf dem Beifahrersitz, die Kotbeutel im Türfach, etc.

Das Auto müsste übrigens schon lange mal wieder innen gereinigt werden. Ich habe es noch nicht geschafft. Auf dem Bodenteppich und an den Seiten im Fußraum hängen noch ihre Haare. Ich bringe es nicht fertig diese letzten Spuren aus »unserem« Auto zu entfernen. Ihre Kuscheltiere räumte ich meist abends hinter die Garderobe. Am nächsten Morgen holte sie eins und trug es ins Wohnzimmer auf ihre Decke, dann eins oder zwei in den Garten, auf die Wiese oder auf ihren Platz auf der Terrasse. Oft nahm sie eins mit ins Schlafzimmer wo sie den Kopf darauf bettete. Wenn es zu regnen anfing sagte ich oft Leslie hole deine Kinder schnell rein und tatsächlich brachte sie sie. Selten mal nicht. Das war so goldig. Ihr Bett lag neben Hans an der hinteren Längsseite vom Bett ganz nah dran. Frühmorgens gab es dann einen deftigen Schmatz und Hans war wach! Wenn sie dann mit ihm raus ging, er ins Bad, sie in den Garten, kam sie auf meiner Seite vorbei und wir begrüßten uns. Ich vermisse dies alles so schrecklich. Obwohl ich für sie die Hauptperson war, weckte sie sofern zwecks winterlichen Temperaturen die Terrassentüre zum Garten mal nicht offen blieb, immer Hans nicht mich um ca. 4.30 h um ein bisschen Luft zu schnappen – nicht wegen Pipi oder nur ganz selten – wir haben sie nämlich heimlich beobachtet…

Außerdem war Leslie die letzten beiden Jahre als Therapie Hund tätig und hat ihre Aufgabe meisterlich vollbracht. Ingeborg, die ihr ganzes Leben schon Angst vor Hunden hatte, sollte vom Arzt aus mehr an die frische Luft und fragte mich deshalb todesmutig, ob sie täglich von Montag bis Freitag das Abendgassi mit mir und natürlich mit Leslie laufen könne. Wir fingen im Winter an und liefen um 17 h los. Oft direkt vom Büro aus gleich über die Wiese und um die Lerche. Sie traute sich Leslie weder streicheln noch nahe neben ihr laufen. Wenn sie bellte, wenn ich den Ball nicht schnell genug warf, erschrak Ingeborg bis ins Mark. Langsam traute sie sich mit ihr sprechen, indem sie bei der Begrüßung sagte »Hallo Leslie«. Woraufhin Leslie natürlich wedelte, sich sowieso freute, da sie jetzt ja Ingeborg mit Gassi verband und freudig auf sie zulief. Ingeborg erstarrte und nannte sie ab da nur noch »Hallo Hund«, da bei dem Namen Leslie die Begrüßung noch freudiger ausfiel als bei Hund. Nach einiger Zeit traute sie sie zaghaft streicheln, noch etwas ruckartig und kurz, aber immerhin. Sie brachte ihr Guti mit und gab es ihr von weitem. Leslie freute sich sehr und verband natürlich Ingeborg nur noch mit positiven Begebenheiten. Dann kam der Tag an dem Ingeborg kein Auto hatte. Ich sollte sie abholen, keiner dachte an meinen Z3, d.h. wo sitzt Ingeborg? Es gab nur 2 Möglichkeiten: Entweder sie fährt und ich sitze die kurze Strecke auf dem Beifahrersitz mit Leslie an den Füßen. Der Z3 ist im Fußraum relativ lang. Oder ich fahre. So machten wir es dann auch, denn so mussten wir nicht lange den Fahrersitz auf ihre Größe einstellen. Zuerst setzte sich Ingeborg auf den Sitz, dann stieg Leslie in den Fußraum ein, ich schloss die Beifahrertüre und als ich auf meiner Seite einstieg, glaubte ich Ingeborgs Herzschlag zu hören. Kaum sind wir losgefahren, kam Leslie hoch, sie wollte natürlich immer sehen wo es hingeht und drehte sich so um, dass sie sich mit dem Hinterteil zwischen Ingeborgs Beine quetschte, also auch ein Stück mit auf dem Sitz saß und auch nach vorne rausschaute. So geschah es dann auch. Ingeborg wurde immer mehr im Sitz nach hinten gedrängt und schnaufte fast nicht mehr. Nach kurzer Zeit drehte sich Leslie und setzte sich wieder nach unten mit Gesicht zu Ingeborg. Diese froh, dass der »Hund« nun wieder weiter weg war, sagte versehentlich »ja Leslie was machst Du denn für Sachen«, worauf Leslie schwungvoll ein bisschen höher kam und ihr einen kurzen Schmatz gab. Ingeborg überlebte den Kuss, die Fahrt und auch das Gassi. Von da an fuhren wir öfter so miteinander um auch an anderen Gassi – Runden zu laufen. Der größte Bann war gebrochen. Wenn wir nach dem Laufen noch kurz bei Ingeborg mit einkehrten, ging Leslie erstmal zielstrebig zum Katzennapf und bediente sich, ließ sich dann unter dem Tisch nieder und wollte manchmal gar nicht mehr heim. Die Therapie war abgeschlossen. Ingeborg war von nun an geheilt.

Als wir vor vielen Jahren Catherine und Herbert kennen lernten mit ihrer Hündin Lucy und sie uns das erste Mal zu Hause besuchten, ging vor der Haustüre erstmal ein Blumenübertopf kaputt, da sie sich nicht gleich einigen konnten, wer die Chefin ist. Aber als das geregelt war, waren sie die besten Freunde und übernachteten auch mal gegenseitig beim anderen. Leslie gab Lucy bei unseren Treffen mehrmals Bussis und schleckte ihr minutenlang das Maul. Sie freuten sich immer rießig, wenn sie sich treffen durften und Lucy ließ immer zuerst ein kleines Freundenpipi ab. Leslie liebte auch Lucy – Frauchen Catherine über alles und lief schon nur bei der Erwähnung ihres Namens ganz aufgeregt hin und her und pfiff freudig. Sie sagte uns, los, gehen wir zu ihr. Wenn Catherine und ich uns begrüßten, hüpfte sie grundsätzlich dazwischen, aber nur bei uns. Wir machten viele Spaziergänge miteinander und verbrachten viel Zeit im Freien, z. B. an unserer Hütte am Rheinufer, wo nicht nur für »Hunzikers« ein kleines Paradies ist. Dort fühlten sie sich wohl und Leslie konnte es nie erwarten, wenn wir nur in Waldnähe kamen, dort anzukommen und auszusteigen um dann umherzutollen.

Einmal bei einem größerem Fest stimmten ein paar Männer zu später Stunde ein Lied an, Leslie wollte unbedingt auch auf die Bank mit hoch, saß dann in Körperhöhe neben ihnen und fing an »a la Wolf« mit ihnen zu heulen. Es war so herzig, aber leider einmalig. Das werde ich nie vergessen. Tanzen durften Hans und ich nicht auf einem Fest, sie bellte uns aus und wollte dazwischen.

In der Mittagspause waren wir zu Hause beim essen und Leslie meist im Garten, ob Sommer oder Winter. Die letzte Viertelstunde zw. 12.45 h und 13 h legte sich Hans immer noch ein bisschen rücklings aufs Sofa um kurz zu entspannen. Ich oft mit. Selbst wenn sie uns nicht sehen konnte, dauerte es keine 3 Sekunden, stand sie an der Terrassentüre, wenn sie im Winter geschlossen war und klopfte, nach dem Motto »ich auch«.

Sie legte sich neben Hans auf ihre Decke, die schon parat war und wehe wir küssten uns kurz, ging sie dazwischen und meist bekam Hans den Schmatz ab. Danach legte sie sich auch hin und schlief. Nach 13 h kuschelten dann wir zwei noch ein bisschen.

Wieder ein Ritual.

Wir essen nicht so viele Süßigkeiten, aber wenn doch habe ich abends, wenn Leslie im Garten war – ich wollte sie nicht verführen, da es ja für Hunde nicht so gesund ist – unter meiner Kuscheldecke ganz leise Schokolade ausgewickelt. Sie konnte sein wo sie wollte und kam sofort rein. Hat sie es gehört, gerochen oder gespürt? Es ist uns bis heute ein Rätsel. Natürlich hat sie dann ein bisschen bekommen. Wer könnte bei dem Blick und Pfote aufs Knie legen schon widerstehen? Sie aß immer langsam und nicht zuviel, ich musste nie auf ihre Figur achten. Sie bettelte im Restaurant nie am Tisch, obwohl ich ihr schon mal etwas Fleisch runter gab und zu Hause auch nicht. Außer bei Lamm, diversen Käse, Walnüssen und Schokolade. Wenn sie mit Guti etwas angefüttert war, machte sie ab und zu den »Rundumschlag« und fraß dann zuerst Katzenbrekkies, schlürfte noch das bisschen Wasser aus Dollys Napf und fraß dann erst ihr Futter. Wenn sie mal ein Wienerle bekam, ging sie erst in den Garten, legte es vorsichtig hin, bewachte es eine Zeitlang, nahm es wieder auf, ging durchs Wohnzimmer in die Küche, zurück auf ihren Platz im Wohnzimmer, nahm es senkrecht zwischen die Pfoten und biss cm für cm ab. Es war so niedlich ihr zu zuschauen. Meiner goldigen Leslie.

Einmal als wir mit Hutsch und seinem Frauchen und Herrchen unterwegs am Gardasee waren und sie beide abends ihr Futter bekamen, schnupperte jeder gleichzeitig in seinem eigenem Napf, dann wechselten sie zeitgleich wie selbstverständlich die Seiten und jeder fraß das Futter des anderen leer.

Am nächsten Tag wollten wir nach Venedig fahren. Leslie machte an diesem Morgen kein Scheißi. Wir hielten die 45 Minuten bis zum Ziel an ca. 5 Parkplätzen. Ich stieg jedes Mal mit Leslie aus, Hutsch und sein Herrchen Roger auch, aus Sympathie. Mein Codewort hieß »Leslie schön Scheiß machen, Scheißi machen. Nichts. Am 5. Parkplatz sagte Roger, wenn du es jetzt noch einmal sagst, sch... ich in die Hose.

Wir lachten wie bescheuert und stiegen unverrichteter Dinge wieder ein. Die vielen schönen und amüsanten Situationen, die einem ein Hund vermittelt, kann niemand ohne Hund nachvollziehen. Die Liebe, Treue, Freundlichkeit und das Zusammengehörigkeitsgefühl, das einem sein Hund als guter Freund entgegenbringt ist phänomenal. Menschen ohne Hund oder andere Haustiere überhaupt können dies gar nicht nachvollziehen und versäumen in der Welt der großen Gefühle so einiges.

Am Dienstag- oder Mittwochmorgen habe ich in meinem Töpfer – Mal – Zimmer alle fertigen Skulpturen, die nicht mit auf der Ausstellung sind, kaputtgemacht und weggeworfen. Ein Aggressionsakt der sein musste. Mein einmaliges Hundebild, das mir sicher nie mehr so gelingt, habe ich mit unverkäuflich angeschrieben. Leslies Bett bei uns im Schlafzimmer, ihre Decke im Wohnzimmer, ihre Kuscheltiere, ihre Bälle im Garten, alles ist noch genauso da wie immer. Ihre Fressnäpfe in der Küche, ihr Handtuch am Beifahrersitz und die Leine im Auto ist alles noch unberührt. Ich habe auch das Auto noch nicht ausgesaugt, was ich schon vor 3 Wochen tun sollte. Ich stelle nichts auf dem Beifahrersitz ab, sondern es kommt alles wie immer in den Kofferraum. Ich spüre sie noch überall neben mir und wenn ich manchmal nachts aufwache, was im Moment häufig ist, glaube ich sie atmen oder sich drehen zu hören.

Seit Mittwoch gehe ich abends mit Ingeborg Rad fahren, wir müssen uns weiterhin bewegen und Ingeborg versteht, dass ich im Moment nicht die gleichen Gassi Wege gehen kann, wie mit Leslie, was ich jetzt, wenn ich darüber nachdenke selbst nicht verstehe, da ich ja alles andere, siehe oben, genauso um mich herum lassen will. Ich glaube, ich gehe mit Hans morgen früh um die Lerche. In Spanien wo wir am Freitag sein werden, erinnert mich natürlich alles nur an Leslie. Zu Hause auf der Finca, auf den Gassi Wegen und natürlich am Strand und im Meer, ihrem Lieblingsplatz.

Ich muss durch und es kann mir keiner helfen. Ich helfe mir ein bisschen selbst, indem ich plötzlich das Gefühl hatte, schreibe alles auf, dann sind deine Gedanken besser geordnet und Ordnung macht frei. Ich kann später jederzeit dieses Büchlein lesen, die vielen Fotos dazu anschauen und werde große Freude dabei empfinden, wie schön wir es doch fast 10 Jahre lang miteinander hatten. Es hilft mir – schon jetzt.

Nachher gehe ich mit Catherine, Birgitta und Janine zu einer Blumen-Pflanzen-Schau. Sie wollen mich ablenken und ich finde es sehr nett von ihnen, dass sie an mich denken.

Zwischen Heulattacken bin ich auffallend ruhig, ausgelaugt, leer. Ich habe Zeit mit der Situation fertig zu werden, weil im Moment niemand etwas von mir erwartet, weder privat noch geschäftlich, physisch und psychisch. Oder weil ich vom Verstand her weiß, dass es so sein musste oder sollte und ich nicht schuld bin. Woher kommen diese Krankheiten von Leslie? War es genetisch bedingt? Ich hätte ihr noch 3 Jahre Fröhlichkeit von Herzen gegönnt und uns auch. Ich dachte immer Mischlingshunde hätten eine größere Lebenserwartung – aber man steckt eben nicht drin.

29.05.05

Nun wieder zu meiner lieben Leslie, auch genannt Les, Lelli, Les Humphrey, Dicke, Dickman, Stinkbär, Scheißbär, Stinkodinchen, Babe, Puzzibärle, Putzilinchen, Babybär, Schnupfi, Mobbel, Pfupfi, Lala, Schniposalli, Lili – lala – lolo Bär. Sah sie ganz schlimm aus war sie meine Wutzelsau.

Wenn wir unterwegs waren, hatte ich immer einen grünen Wassernapf mit doppeltem Rand dabei, damit das Wasser nicht überschwappte. Im Combi war er immer hinten bei ihr. Fuhren wir nach Spanien und sie lag bequem auf dem Rücksitz in ihrer »Hängematte«, hatte ich diesen Napf vorne bei mir an den Füssen. Immer wieder bot ich ihr den Napf zum trinken an, hand gehalten versteht sich. Und so wollte sie es künftig immer. Waren wir beispielsweise am Strand, ich füllte Wasser ein und stellte ihn ab, trank sie erst wenn ich ihn ihr in Kopfhöhe hielt. Auch wenn wir unterwegs anhielten und ich füllte ihn an einem Brunnen auf, stets hand gehalten. Hatten wir mal kurz das Auto gewechselt und keinen dabei, gab ihr Hans das Wasser vom Brunnen mit beiden Händen. Bei Pepe unserem spanischen Nachbar ging sie kurz nach der Begrüßung an die Badtüre und wollte Zisternen Regenwasser, wie es in Spanien am Land so üblich ist. Es war immer so herzig. Waren wir auf ihrer Terrasse lief sie zum Zisternenbrunnen und winselte. Pepe stand natürlich sofort auf und gab es ihr in einem großen Eimer. Dann war sie zufrieden. Auf dem Boot wurde ihr auch das Rheinwasser hand gehalten. Unsere liebenswerte, dickköpfige Tussi. Bei Catherine zu Hause ging sie, wenn ihr danach war zur Vorratskammer und pfiff bis sie kam und ihr einen Kauknochen oder ein Schweinsohr gab. Das wollte sie aber dann gar nicht fressen, sondern nur bewachen.

Wir holten sie ja wie gesagt am 1. November mit knapp 9 Wochen ab und haben im Winter unseren Swimmingpool abgedeckt. Als es dann Mai wurde haben wir ihn wieder aufgedeckt und zur Saison hergerichtet. Jetzt hieß es Leslie zu lernen, dass unsere Wasserratte nicht rein sprang, da er keine Treppen sondern nur eine Leiter hat und sie selbst nicht mehr heraus kommen würde. Ich wollte sie ja ab und zu auch mal 1-2 Stunden alleine im Garten lassen können, besonders wenn es heiß war und ich sie nicht zum einkaufen im Auto mitnehmen wollte. Da wollte sie übrigens freiwillig nicht mit. Mit strengem »Nein« haben wir es geschafft und konnten uns 100 prozentig darauf verlassen über all die Jahre. Waren Hans oder ich alleine im Pool ging es noch, aber wehe wir waren gemeinsam drin, dann fühlte sie sich ausgeschlossen. Sie rannte ringsum den Pool und bellte, vor allen Dingen wenn wir zu nahe zusammenstanden. Wir beruhigten sie und redeten ihr gut zu, dass wir ja gleich wieder rauskommen würden. Sie fand schnell heraus, wie sie wieder die Aufmerksamkeit auf sich lenken konnte, indem sie ihren Ball oder eines ihrer Stofftiere im Maul hielt und wenn wir nicht hinsahen, es ganz langsam von außen dem Beckenrand ins Wasser hinunter gleiten ließ. Wir schrieen Leslie nein, sie ließ es fallen, wir schwammen hin und warfen es ihr auf die Wiese. So hielt sie uns auch im Wasser auf Trab. Nur einmal ging es schief. Es war ganz am Anfang, Leslie war in der ersten Badesaison ca. 10 Monate alt. Wir hatten Besuch von Freunden mit ihrer ca. 6 jährigen Tochter. Sie fragte ob sie baden dürfe, ging ins Wohnzimmer, zog sich aus und rannte von innen über die Terrasse mit Gejohle und Schwung in den Pool. Wir konnten gar nicht schnell genug schauen und schon sprang Leslie hinterher. Wir nahmen an, sie wollte sie retten, was ja eigentlich ein guter Zug von ihr war. Trotzdem mussten wir mit ihr schimpfen, da sie wusste sie darf es nicht. Wir hatten ja schon einen Monat geübt. Wir sagten dem Mädchen, sie soll schnell über die Leiter raus, ließen Leslie noch kurz drin, damit sie merkte, sie kommt nicht mehr raus. Dann holten wir sie von außen über den Beckenrand mit vereinten Kräften zu zweit raus ins Gras. Wir schimpften mit ihr und hofften es war eine Lehre. Wir hatten Glück. Sie konnte von nun an unterscheiden, ob sie in einen See, Fluss oder ins Meer sprang wo sie wieder herauskam oder vom Beckenrand.

Wir konnten sie von nun an unbeaufsichtigt bei offenem Pool im Garten lassen. Uff!

Ihren ersten Schwimmversuch unternahm sie bei einem Spaziergang am Rheinufer schon lange vorher. Sie spazierte auf einen Steg hinaus und schaute ins Wasser, trippelte hin und her und zeigte uns ich möchte rein, aber trau mich nicht. Wir animierten sie von weitem zu springen. Sie zögerte ein paar Minuten, dann nahm sie den ganzen Mut zusammen, sprang und schwamm zu uns ans Ufer zurück. Das war eine große Mutprobe und die Geburt zur Wasserratte.

Leslie hat übrigens von Anfang an auch Missionarsarbeit geleistet. Auf Mallorca!

Wie wir alle wissen, geht es den größeren Hunden auf Mallorca insofern schlecht, als sie an eine Leine mit 10 m Kette, wenn sie Glück haben, gebunden werden, als Aufpasser und Beller, wenn sich jemand dem Grundstück nähert. Also eine lebende Alarmanlage. So ein armer Hund hing schon 10 Jahre lang an der Kette unserer Nachbarn. Als wir uns nun zusammen mit Leslie Weihnachten 1995 kennen lernten und sie sahen wie wir mit unserem Hund umgingen, kam die wundersame Wandlung. Als wir das erste Mal zu ihnen zum Essen eingeladen wurden, durften wir Leslie mit ins Haus bringen. Es waren viele Bekannte, Freunde und Verwandte anwesend. Das war ein Durchbruch der spanischen Gebräuche. Wie sie es den anderen Gästen erklärten habe ich damals noch nicht verstanden. Wir durften sie ab diesem Tag immer mitbringen. Magdalena, die Dame des Hauses mochte eigentlich Hunde nicht so sehr, aber in Leslie hat auch sie sich gleich verliebt. Sie und der damals 11 jährige Sohn, der jüngste von vier, der noch zu Hause lebte, überredeten Pepe, dass sie auch einen

Hund drinnen wollten. Sie sahen, dass man mit einem Hund auch anders umgehen konnte. Über 1 Jahr später – wir waren im Jahr 3-4 mal dort, bekam der Sohn Tomeo einen Hund, ein Mischling ungefähr so groß wie Leslie mit kurzen rauen Haaren. Sie nannten ihn Tom und er durfte ins Haus. Er war Familienmitglied, nur nachts musste er im Stall schlafen. Wieder ein spanischer, glücklicher Hund mehr... Leslie hat sie mit ihrer liebenswerten Art überzeugt. Jedoch musste der große Hund, ein Pastor Aleman, weiter sein Leben an der Kette ausharren. Es war ein lieber Hund, man konnte ihn auch an der Kette streicheln. Ich beobachtete ihn immer, wenn er intelligenterweise morgens und abends an der Kette seine Runden drehte, um seine Muskeln zu trainieren. Er tat mir natürlich sehr leid und so kaufte ich wenigstens ein neues Halsband, denn seines war der Keilriemen eines Autos. Sein Hals war schon wund. Ich sagte Pepe, ich habe es übrig, es sei Leslie zu groß. – Notlüge -. Es war das mindeste was ich für ihn tun konnte. Trotzdem war der Hund, Negro hieß er, sehr lebendig und freute sich wenn Herrchen Futter brachte oder ihn ein bisschen streichelte. Mission Leslie am spanischen Hund war gelungen. Sie nahmen später sogar noch den kleinen »Petit« auf. Er kam mit 7 Wochen zu ihnen, eine Art Pinscher, den Magdalena nun solange er klein war, immer in ihrer Schürzentasche oder im Ausschnitt umher trug. Leslie und das halbe Pfund zu Anfang, waren sofort »dicke Freunde«, bis heute. Als er ausgewachsen war, rannten sie ums Haus, spielten mit dem Ball, er ging mit uns spazieren, was ein Spanier mit seinem Hund selten macht und war den ganzen Urlaub von morgens, wenn er die Türe hörte bis wir ins Bett gingen bei uns, sofern wir nicht unterwegs waren. Kaum hörte er unser Auto, wenn wir vom Strand kamen oder von einem Ausflug zurückkehrten, war er schon wieder da. Leslie freute sich schon zu Hause, wenn ich sagte bald gehen wir wieder zu Petit.

In Spanien gingen wir manchmal nach dem Baden ins Restaurant. Hunde sind in Spanien nur im Garten, wenn überhaupt erlaubt. Wir hatten kein kühles Wasser mehr und Leslie heulte den Sektkühler in dem unser Wein gebracht wurde an. Wir ließen sie trinken und von nun an, wenn wir irgendwo einen Sektkühler erhielten, wollte sie unbedingt einen Schluck daraus trinken. Wir gaben ihr nicht zuviel, da ich dachte es wäre doch zu kalt und meist bekam sie einen Hundenapf voll Wasser oder ich hatte selbst Napf und Wasser dabei.

Auf Mallorca mussten wir einmal zum Tierarzt, da sie sich durch das Salzwasser, obwohl ich es immer nach unserer Rückkehr vom Strand abwusch und durch ihre Wanderung über die Steine, wenn wir eine einsame Bucht hinunter stiegen, die Pfotenballen aufscheuerte. Sie bekam Antibiotika und Salbe und wurde verbunden. Gott sei Dank war dies erst zwei Tage vor unserer Heimfahrt – es war sehr schnell wieder verheilt. Die nächsten Male gab ich ihr immer Pfotenbalsam am Abend auf die Ballen, es ist nie wieder passiert.

Auf Mallorca weckte sie uns immer bei Vollmond, wollte raus gelassen werden und machte bis zu 1 Stunde eine Nacht- und Schnüffelwanderung auf unserem Grundstück. Es besteht zu einem großen Teil aus Acker und je nach Wetter sah sie bei ihrer Rückkehr dementsprechend aus. Sie kam zurück und freute sich wahnsinnig, wedelte, begrüßte uns und wollte uns mitteilen, wie mutig sie war und wie gut es ihr gefallen hat. Danach schlief sie wieder bis wir gemeinsam aufstanden. Für ihr erstes Morgenpipi hüpfte sie eine niedrige Mauer hinunter ins Grün, und dann ging es gleich wieder rein. Später lag sie gerne unter der Palme die viel Schatten warf, das sah auch so süß aus. Wenn wir ankamen musste sie natürlich immer erst alles kontrollieren und mit Petit ein paar Mal ums Haus rennen. Apropos mutig, das kommt daher, weil in manchen Monaten frühmorgens und am Abend die Jäger unterwegs waren. Sie hatte natürlich Angst vor den Schüssen. Frühmorgens um 7 h ließen wir es meistens über uns ergehen, abends wenn sie schossen, schauten wir dass wir unterwegs waren, damit sie keine Angst zu haben brauchte und unternahmen irgendetwas.

Als wir sie zu Anfang zu uns holten hatten Hans und ich eigentlich abgemacht, ins Bett darf sie nicht. Doch es sollte anders kommen. Und zwar so:

Als wir Ende November, anfangs Dezember das erste Mal mit ihr nach Nürnberg in meine Heimat fuhren und mit ihr im Hotel übernachteten konnte sie schon ganz gut bellen. Wir machten noch einen kleinen Nachtspaziergang und gingen dann in unser Hotelzimmer. Als Hans und ich aus dem Bad kamen, lag sie in meinem Bett wie es sich gehört. Kopf auf dem Kissen, Wampe auf der Zudecke. Ich sagte Leslie nein, raus, runter! Hans sagte »kunscht oben abbä«. Nichts dergleichen. Sie stellte sich taub. Wir konnten sie natürlich zu diesem Zeitpunkt noch locker tragen, doch sie stemmte sich dagegen und wir hatten Schiss, dass sie mitten in der Nacht zu bellen anfängt. Wir wollten nicht auffallen und sie auch wieder mitbringen dürfen. Also ließen wir sie liegen und ich legte mich daneben. Sie hatte gewonnen. Nach einer halben Stunde ging sie dann von selbst auf ihre Decke. Zu Hause machte sie es anders. Sie blieb die ganze Nacht auf ihrem Platz, aber ab und zu wenn Hans frühmorgens aufstand, kam sie sofort in sein noch nachtwarmes kuscheliges Bett, immer schön den Kopf auf dem

Kissen und kuschelte sich hinein. Stand ich am Wochenende zuerst auf um Frühstück zu machen, machte sie das gleiche auf meiner Seite. Im Sommer allerdings fast nie, da war es ihr wahrscheinlich zu warm. Sie genoss es, machte Baby oder Schwizermaidli und ließ sich krabbeln. Oft blieb sie dann bis ich im Bad fertig war in meinem Bett liegen und kuschelte sich hinein. Sie legte überhaupt gerne ihren Kopf irgendwo auf. Im Auto auf die Mittelkonsole, wenn sie vorne mitfuhr, auf die Querverstrebung am Stuhl, falls vorhanden, auf einen überkreuzten Fuß, auf einen Treppenabsatz, auf ihren Kuscheltieren, auf eine Tischverstrebung, auf meine Tasche, wenn sie am Boden stand, etc.

Apropos Tasche fällt mir gerade ein: Wir waren eingeladen und saßen auf einer großen Terrasse. Meine Handtasche stand ein ganzes Stück von mir entfernt an der Hauswand, Leslie durfte sich dort frei bewegen. Ein anderer Gast kam zufällig ziemlich nahe an meine Tasche ran. Sie rannte sofort hin, legte sich ganz nahe neben sie und knurrte. Das machte sie sonst nie, außer es wollte jemand in ihre geliebten Autos fassen. Das ließ mein »Wachhund« auch nicht zu, da fletschte sie auch schon mal ganz gefährlich. Als Wachhund in einem anderen Fall, wo sie zwar nicht wachte im herkömmlichen Sinn, sondern mich nicht verriet, begab sich auf unserer Finca in Spanien. Es war ein Sommermorgen. Hans wollte mit einem Freund und ein paar Kindern eine Bootsfahrt machen. Leslie und ich blieben alleine auf der Finca, da wir nicht so viel Platz im Boot hatten. Gerade an diesem Vormittag waren unsere spanischen Nachbarn auch nicht zu Hause. Ich dachte mir nichts dabei, ich hatte nie Angst dort, was sich aber eine halbe Stunde später schnell ändern sollte.

Die Türe zur Terrasse stand in Lesliebreite offen wie immer und ich befand mich in der oberen Etage um die Betten frisch zu beziehen. Plötzlich hörte ich ein Auto und dachte noch alle Bekannte sind doch schon wieder nach Hause geflogen und da Pepe und wir die einzigen beiden Häuser in unserer Sackgasse sind, ist jedes Auto ein Besuch für uns. Da warf ich einen Blick vom Balkon, ich sah sie nur ganz kurz, aber es waren vier gefährlich aussehende Fremde. Was das bedeutete, konnte ich mir denken. Sie sahen unser Auto wegfahren und dachten es sei niemand im Haus. Später sagte uns Pepe er habe am Tag vorher ein Auto einige Zeit vorne an der Straße stehen sehen. Wir wurden wahrscheinlich beobachtet zu welchen Zeiten wir wegfuhren. Im August war es immer ungefähr zur selben Zeit, da wir später wegen der Hitze nicht mehr an den Strand fuhren. Ich war in Panik, wusste nicht was ich tun sollte, ich war ja im oberen Stock, hatte von da aus keinen Fluchtweg. Unten war die Türe offen und direkt neben der Türe stand das Telefon. Aber soviel Zeit hatte ich nicht mehr. Leslie hörte das Auto, stürmte die Treppe hinunter und bellte ganz fürchterlich. Kein freudiges Bellen wie wenn Besuch käme, sondern ein »Wachhundbellen«. Ich traute mich nicht hinunter, Leslie rannte bellend die Treppe hoch und runter. Die Einbrecher kamen ins Haus und durchsuchten zuerst alles unten. (Ich muss vorausschicken, dass Leslie fast immer mit mir auf die Toilette ging, machte ich mal die Türe zu, winselte sie draußen und kratzte mit der Pfote an der Türe). Mein Herz pochte bis zum Hals vor lauter Angst. Wir haben oben noch eine ganz kleine Toilette, direkt über der Treppe, dort hinein flüchtete ich mit meiner Handtasche, Papiere und Geld, sperrte die Türe ganz leise ab und verharrte der Dinge auf der Toilettenschüssel. Ich hoffte inständig, dass Leslie mich nicht verriet. Um sie hatte ich auch große Angst, denn man weiß ja nie was solche Leute alles tun und zu was sie fähig sind. Ich hörte die Einbrecher nach oben kommen,

Leslies Tappen hörte ich auch, sie kam mit. Sie bellte immer noch wie verrückt und wurde in Spanisch dem Ton nach beschwichtigt. Gott sei Dank machten sie ihr nichts. Sie durchsuchten oben alle Schränke, Schubladen und Koffer. Schub auf, Schub zu, ich hörte alles. Dann rüttelten sie an meiner Türe. Ich traute mich gar nicht mehr schnaufen und dachte jetzt ist es vorbei. Plötzlich hörte ich eine Frauenstimme, d.h. eine der 4 Personen war eine Frau. Irgendwie beruhigte mich diese Tatsache ein wenig. Sie ließen von der Türe ab, denn sie hatten ja schon wenigstens eine Beute gemacht. Unten im Wohnzimmer lag unsere nagelneue Filmkamera mit Zubehör auf dem Tisch. Ich wollte nachher die Gebrauchsanweisung studieren. Sie wechselten noch ein paar Worte und verschwanden wieder. Leslie lief mit runter und bellte bis sie weg waren. Ich blieb noch mindestens 10 Minuten auf der Toilette sitzen und schloss dann meine »Heldin«, die mich nicht verraten hat in meine Arme. Sie spürte meine wahnsinnige Angst. Was nützte da der Nachbarhund an der Kette, der zwar bellte, aber auch nichts ausrichten konnte?

Einmal hatten wir Besuch von Freunden mit Oma und 3 Kindern. An diesem Abend und über Nacht hatten wir noch einen Berner Sennenhund bei uns, da sich sein Frauchen und Herrchen einmal ins Nachtleben von Palma stürzen wollten. Mitten beim Abendessen wurde unsere Bekannte ohnmächtig. Es war ein Aufruhr. Wir trugen sie ins Haus, rieben sie mit Pfefferminzöl ein und tätschelten sie. Sie war gleich wieder wach aber die beiden Männer fuhren dennoch mit ihr zur Notfallstation ins nächste Dorf. Während der ganzen Hektik klaute »Teddy« der Sennenhund alle Lammkoteletts von sämtlichen Tellern und teilte sie gütlich mit Leslie. (Leslie klaute niemals was vom Tisch, nicht mal eine offen liegende Schokolade vom Couchtisch, der ja sogar noch in Maulhöhe steht, sondern sang sie an, bis wir ihr ein Stück gaben. Oma, die Kinder und ich sahen, als wir wieder raus gingen um auf die anderen zu warten, nur die leeren, sauberen Teller und wie sich unsere beiden Wuschels die Mäuler schleckten! Wie immer hatte ich noch jede Menge da und so deckte ich den Tisch neu bis unsere Unglücksraben wohlbehalten vom Arzt wiederkamen und wir in die 2. Runde starten konnten. Was sollte ich bloß alles erzählen, wenn wir unsere Leslie nicht gehabt hätten.

Als wir das 1. Mal mit Leslie an Weihnachten 1995 (sie war ca. 16 Wochen) auf unsere Finca fuhren (Leslie war unser 1. Hund) machten wir uns schon vorher Gedanken, ob wir sie, wenn wir z. B. beide im Pool sind, oder wir drin und sie raus wollte an ein langes Seil binden, damit die uns nicht wegrennt. Wir sind nicht eingezäunt und würden sie womöglich nicht mehr finden. Wir lachen noch heute darüber. Das Seil nahmen wir gleich am 1. Tag als Wäscheleine, da sie uns den ganzen Tag, ob drin oder draußen auf dem Fuß folgte und keinen Schritt ohne uns oder in eine andere Richtung unternahm. Auf sie war Verlass. Hans sagte immer sie sei ein »Mamatittile«.

Das stimmt, sie war beides, ein Tittile, das mit mir auf die Toilette ging und dann aber wieder wahnsinnig mutig, wie schon gesagt. Viele Leute trauten ihr natürlich auch wegen ihres knuffeligen Aussehens nicht so viel Hundetypisches zu, wie z. B. eine Spur verfolgen, etc. Aber auch in diesem Punkt sollte sie alle Lügen strafen.

Hans nahm sie eines samstags im März oder April, sie war vielleicht 3 oder 4 Jahre alt mit zu unserer Waldhütte, wo sie so gerne war. Er wollte ein bisschen Holz hacken und dies und jenes tun. Sie fuhren erst noch ins Geschäft um ein paar Sachen zu holen und dann ging es mit dem Auto die 15 Minuten zum Rhein. Wir sind diesen Weg auch schon gelaufen, aber an diesem Vorfrühlingstag war es doch seit Monaten wieder das erste Mal und sie fuhren ja mit dem Auto. Leslie erfreute sich wie immer an der Hütte und mit Herrchen war es auch ganz toll, bis dann sein Bruder kam und mit der Motorsäge Holz machen wollte. Dieses Geräusch war zu viel für sie, die Ruhe war dahin. Nach einiger Zeit? bemerkte Hans, dass Leslie nicht mehr da war. Er rief nach ihr und suchte sie in, und um die Hütte auf dem ganzen Areal, schaute ins Wasser, ging in verschiedene Richtungen in den Wald und als er sie nicht fand, stieg er ins Auto und fuhr langsam suchend den ganzen Weg zurück. Kurz vor Waldausgang traf er eine Reiterin und fragte sie, ob sie einen Hund gesehen hätte, diese bejahte und sagte so ein goldiger, wuscheliger sei im Wieselschritt über die Brücke gelaufen, die nach Lottstetten führt. Hans war froh wenigstens ein Lebenszeichen von ihr erfahren zu haben und fuhr heim. Zuerst am Geschäft vorbei, denn er wusste wenn er ohne Leslie bei mir aufkreuzte, bin ich in Panik. Zu seinem Glück lag sie vor dem Büroeingang und wartete. Es soll noch mal einer sagen die Bobtail-Bergamaskerin sei kein Pfadfinder. Als er es mir erzählte war ich zwar außer mir, was passieren hätte können – sie musste mindestens eine Hauptstrasse und eine Landstrasse überqueren, dennoch war ich mächtig stolz auf sie. Es waren ca. 40 Minuten, wenn ich mit ihr gelaufen wäre. Meine süße Spürnase! Aber sie wollte sich eben dieses Geräusch der Motorsäge nicht länger anhören, für sie war es ein höllischer Lärm.

Mir fällt bei Lärm noch eine Geschichte ein. Wir fuhren mal gegen Abend nach Radolfzell. Ich wollte Hans eine wunderschöne Natursteinarbeit zeigen, die ich ein paar Wochen vorher dort entdeckt hatte. Wir liefen durch das Örtchen und plötzlich fing es an zu donnern. Leslie ohne Leine wie meistens, lief noch ein paar Meter und bog in das nächste Restaurant ein. Die Türen standen offen, da es ein warmer Tag war. Das heißt sie blieb diesmal nicht im Hauseingang stehen, sondern lief durch das ganze Restaurant, es war ziemlich groß und platzierte sich unter dem hintersten Tisch, in die hinterste Ecke an dem gerade 8 Personen zu Abend aßen. Hans genierte sich und sagte hol du sie. Ich lief ins Restaurant, sagte zum verdutzten Kellner ich hol nur meinen Hund und schaute alle Gäste fragend an, nickte ihnen zu, schaute kurz unter ihrem Tisch und fragte ob sie einen Hund unter ihrem Tisch gesehen hätten. Ich fand sie schließlich wie gesagt unter dem letzten. Diese Leute waren sehr nett und hundefreundlich, niemand ließ einen Angstschrei los. Es donnerte immer noch und Leslie wollte nicht vorkommen. Ich kam nicht hin, da es eine große Eckbank war, die außerdem voll besetzt war. Die Gäste aßen gerade und lockten sie mit einem Stückchen Fleisch. Dies nützte natürlich bei Donner nichts, sie ließ sich auch sonst nie bestechen. Es war mir sehr peinlich, doch konnte ich ja nicht zwischen den Beinen zu Leslie kriechen. Nach weiterer gut Zureden kam sie dann hervor, ich konnte sie an die Nabelschnur nehmen, sagte zum Kellner wir kommen ein anderes Mal und verließ mit meinem Angsthasen das Restaurant.

Ein anderes Unterfangen wovor sich Hans drückte, war Scheißi ohne Feld, Wiese oder Wald. Es war in Venedig. Leslie hatte morgens ihr Geschäft erledigt und es bestand eigentlich keine Gefahr. Mitten auf der großen Brücke vorne am Markusplatz, machte Leslie Scheißi. Das Problem war, ich hatte meine Handtasche umhängen, eine Tüte, wir hatten schon was gekauft, den Regenschirm und Leslie an der Leine. Hans hatte nichts in der Hand! Sie ging plötzlich in die Kaktusstellung und machte einen Wahnsinnshaufen. Hans drehte sich gerade in dem Moment zu uns um, sah die Absicht und verschwand in der Menge, nach dem Motto, die zwei gehören nicht zu mir. Ich musste mit den zwei Taschen, dem Regenschirm und der Hundeleine mit Hund jonglieren, um den Scheißbeutel aus der Handtasche zu bugsieren und das Desaster aufnehmen. Gleichzeitig zog Leslie an der Leine, da sie ihr Herrchen nicht mehr sah und weiter wollte... Ich war schweißgebadet bis ich alles bewältigt hatte. Als wir Hans wieder fanden, sagte er nur lapidar »Sie hat doch heute morgen schon...«. Das ist der Unterschied zwischen Herrchen und Frauchen!

Ziemlich am Anfang, ich glaube es war Weihnachten 1996, Leslie war 15 Monate alt, hatten wir unsere Kamera im Urlaub auf Mallorca dabei. Mit Freunden aßen wir zu Abend, wir hatten es sehr lustig und ich filmte ab und zu. Unsere gesellige Leslie wollte zu späterer Stunde neben Ekki auf den Stuhl. Er sprach mit ihr in der Babysprache, sie liebte ihn sofort und wollte ihn dauern abschlecken. Ich sagte sie will dich heiraten und filmte weiter. Ich fragte Leslie willst Du Ekki ....., sie jaulte in seine Richtung, alle lachten von Herzen. Dann sagte ich ihr könnt den Ring nun tauschen, woraufhin Leslie spontan die Pfote hob, alles so prompt und passend, es war so lustig. Als ich dann sagte sie dürfen die Braut nun küssen, drehte sich Leslie wieder zu ihm und gab ihn einen Schmatz so schnell konnte er gar nicht schauen. Sie war so liebenswert, es war wie einstudiert. Man sieht sie hat so viel Schönes in ihrem Hundeleben erlebt und genießen dürfen und wir mit ihr. Sie hat auch so viele andere Leute glücklich und fröhlich gemacht, dass es mir jetzt schon viel wohler ums Herz ist, nachdem ich dies alles aufgeschrieben habe. Eine Freundin sagte mir ein paar Tage nach ihrem Tod: Es ist ihr so gut bei Euch gegangen, sie hat ein so vielseitiges Leben gehabt, sie war nicht ab 7 der alternde Hund, sondern hatte bis zum Schluss und ihrer schrecklichen Krankheit, sozusagen auf der Überholspur leben dürfen, immer aktiv, auch wenn wir mal unsere Ruhe wollten und sie ja auch, abends beim kuscheln. Sie durfte immer beim Gassi ein Hund sein, ohne Rücksicht auf Fell oder Schönheit den Spaziergang genießen. Sie musste nie ein Bobtail zum Vorzeigen sein. Sie war eine Draufgängerin, meine Leslie!

Es gibt noch so viele Episoden, aber auch unser tägliches Gleichmaß, welches sich viele Male wiederholte und genauso schön war:

Begrüßungsbussi am Morgen, Garten, Gassi, Autofahren mit streicheln, Büro, Mittagessen zu Hause, Garten, Mittagspausenkuscheln, Büro, Wiese hinterm Büro, Nachmittagsguti, Gassi, Garten, Sofatime mit streicheln.

Einmal als wir im Winter in Spanien mit Freunden zum Abendessen gingen, ließen wir sie im Auto – wir durften sie nicht mit rein nehmen. Wir saßen am Fenster und hatten das Auto im Blickfeld, als plötzlich die Warnblinkanlage unseres Autos losging, das heißt sie ist im Combi von hinten nach vorne umgezogen, um auf dem Fahrersitz »Boss« zu spielen. Ich ging raus und lief mit ihr ein bisschen spazieren und so war sie wie immer Mittelpunkt. Sie war auch in früheren Jahren mit uns im LKW unterwegs, als wir noch manchmal bestimmte Steine selbst aussuchten und direkt aus Carrara, Tessin, Andeer oder Trento holten. Sie war unser Steinmetz Hund. Sie lernte viele Steinbrüche kennen und es ließ sich nicht immer verhindern, dass sie an kleinen Scherben ein bisschen nagte. Diese Unsitte sah man nach einiger Zeit an ihren ein bisschen stumpf gewetzten Eckzähnen. Sie genoss im LKW die Sitzposition auf der 3 er Bank, zwischen Herrchen und Frauchen. Sie hatte genügend Platz und konnte mich als Kopfkissen benützen.

Wenn sie allerdings eine Schaufel hörte, wie beispielsweise beim Schneeschippen oder Kies kehren, hüpfte sie im Achteck drum herum. Auch die Pressluft, die manchmal auf der Werkstatt ertönte, mochte sie nicht.

Natürlich hatte sie auch einige »Krankheiten« im Laufe ihres Lebens. Wie schon gesagt die ersten beiden Jahre ab und zu ihre Allergie, der Hautausschlag, der vom Rheinbaden kam, bis ich ausfilterte und herausfand woran es lag. Sie hatte rote pfenniggroße Flecken hauptsächlich am Bauch und unter den Läufen, die sie stark juckten und nur mit Cortison behandelt werden konnten. 14 Tage dauerte meist die Behandlung. Sie musste die Sterilisation über sich ergehen lassen. Ich musste ihr hinterher ein T-Shirt anziehen, damit sie an der Wunde nicht schleckte und sie hatte ein paar Tage die Halskrause an. Sie tat mir leid, aber wir mussten gemeinsam durch und natürlich packten wir auch das. Dann wurde sie mit ca. 4 Jahren von einem anderen Hund in den Schweifansatz gebissen. Es war ein ziemlich tiefes Loch, welches vom Tierarzt ein paar Mal gespült werden musste, sie Antibiotika bekam und ich sie täglich salbte. Mein armes Bärchen. Sie wurde mit ca. 6 Jahren noch einmal gebissen und zwar haarscharf neben dem Auge. Sie brauchte eine Narkose und das 2 Markstück grosse Loch, wodurch man das Nasenbein sehen konnte, wurde vernäht und ist sehr gut verheilt. Man sah es hinterher nicht mehr. Sie wurde gebührend bedauert und gestreichelt. Einmal die Salzwasser und Felsenkletterei, wo sie sich ihre Pfotenballen aufgescheuert hatte, ein anderes Mal hatte sich bei einem wilden Gassi eine Granne in die Bauchhaut gespießt, oder der Nagel der Afterkralle musste gezogen werden und einmal hatte sie einen Bandwurm. Manchmal musste ich ihr eine Socke überziehen, da sie bei ihrem wilden Jagen nach Ball und Stöckchen auf der Wiese mal ein kleines Körnchen in dem Pfotenfell versteckte und sie natürlich versuchte das kleine Teil selbst herauszuschlecken. Das gab ein kleines Schleckekzem, welches von mir mit Salbe und Socke behandelt wurde. Auf Mallorca fegte sie mal an unseren letzten Urlaubstag mit Petit, dem pinscherähnlichem Hund auf der Finca umher. Petit kletterte wie ein Zicklein. Er rannte die Halde hoch, Leslie hinterher und beim letzten Klimmzug, bevor sie oben war, rutschte sie ab. (Sie war im Gewicht mit Petit nicht vergleichbar).

Ich wollte sie natürlich noch zurückhalten, aber in ihrem Spielfieber hat sie nicht gehört und schon war es passiert. Sie hat sich die Bänder der Schulter überdehnt und hinkte. Als wir zu Hause zum Tierarzt gingen wurde sie geröntgt, bandagiert und bekam Tabletten (in Butter und Käse verpackt). Wir mussten 4-6 Wochen an der Nabelschnur Gassi gehen, da sie durch die Tabletten ja ohne große Schmerzen war und sie ihrem Temperament entsprechend, sonst gleich wieder übermütig geworden wäre und übertrieben hätte. Es wurde völlig ausgeheilt, sie war danach fit wie immer. Vor anderthalb Jahren passierte allerdings die gleiche Überdehnung noch mal, als sie wild über die Wiese rannte und in einem ziemlich kleinen aber tiefen Loch mit einer Pfote stecken blieb. Auch das war bald wieder völlig in Ordnung, dank guter Behandlung und Schonung.

Wenn es schneite, hüpfte sie umher und wollte die Schneeflocken fangen, da war sie in ihrem Element. Sie hüpfte gerne in die größten Schneehaufen. Wenn der aufgetaute Schnee wieder gefroren war, nahm sie immer ziemlich große Brocken ins Maul, trug sie beim Gassi umher, ließ sie wieder fallen und ich musste sie immer wegkicken. Sie nahm es wieder auf oder hüpfte auf den nächsten gefrorenen Schneehaufen. Kälte gefiel ihr am Besten. Einmal sind wir im Winter mit der Gondel hoch gefahren, kaum sind wir ausgestiegen, ließ sie sich in den Neuschnee plumpsen, dass man sie fast nicht mehr sah und wir warfen ihr Schneebälle. Sie lag immer im Schatten, auch im Winter. Je kälter es war, desto länger blieb sie im Garten liegen, auch abends. Sie liebte den Schnee. Wir haben ihr auf die überdachte Terrasse eine dicke Styroporplatte gelegt und zwei Decken darauf gelegt. Dort lag sie und hüpfte zwischendurch im Garten durch den unberührten Schnee und wälzte sich darin, so wohl war ihr dabei. Wenn wir im dicken Winter spazieren gingen und der Schnee nass war, hatte sie bei unserer Rückkehr kleine Schneebälle im langem Haar ihrer Läufe, manchmal auch bis zum Bauch und jeder Schritt wurde mühsamer gegen Ende des Gassi. Danach stellte ich sie erst mit den Vorderläufen, dann mit den Hinterläufen in einen Eimer mit warmen Wasser und taute so die Schneebälle wieder auf. Sie ließ es gerne geschehen und nach dem Abtrocknen legte sie sich in ihr großes, grünes Handtuch gewickelt brav und zufrieden auf ihre Decke im Wohnzimmer und ließ sich mit Guti verwöhnen. Brave Lelli!

Als sie ca. 2 ½ Jahre alt war, dachte ich, ich geh mal mit ihr zum Hundefriseur und lasse sie auf halbe Haarlänge schneiden, zwecks Sommerurlaub auf Mallorca. Viele andere Hundebesitzer sagten, sie würde sich viel wohler fühlen. Am Friseurtermin jedoch hatte sie Durchfall und wurde vom Tierarzt behandelt. Ich wollte den Termin nicht absagen, weil wir 2 Tage später schon in Urlaub fuhren. Der Hundefriseur sagte mir dann die ganze Prozedur würde 2-3 Stunden dauern. Das wollte ich ihr mit Durchfall nicht zumuten und so passierte es, dass er sie ziemlich kurz auf ca. 2cm scherte. Das ginge in ca. 30 Minuten, erzählte er mir. Ich entschied mich dazu, da auch mein Tierarzt sagte, wegen ihrer Allergie (Rheinwasser), die wir zu dem Zeitpunkt gerade im Griff hatten, wäre es mal gar nicht schlecht. Es sah so anders aus, ich erkannte sie nicht wieder, Hans war entsetzt und ich schwor mir, dies nie wieder zu tun. Mein Babybär war gestutzt. Vor allen Dingen bemerkte ich absolut keinen Unterschied in Spanien. Sie hechelte nicht weniger und mit ihren langen Haaren war sie auch nie träge, sondern topfit. Was für die Kälte gut ist, ist es auch für die Hitze. Das war unsere Überzeugung.

Meine Meinung ist bis heute, dies machen nur Leute, die auf die Dauer zu bequem zum kämmen sind. Auch Leslie schien beleidigt, da ihrem Haarkleid beraubt. Es wuchs jedoch einigermaßen schnell wieder nach. Nach ca. 3 Monaten sah sie dann schon schnuckelig aus. Nach 1 Jahr hatte sie dann wieder ihre ganze Länge und unvergleichliche Mähne erreicht.

Außerdem muss ich noch sagen, seit wir Hundebesitzer waren, unsere Mitmenschen anders ansahen. Wir unterschieden plötzlich in Hundeliebhaber und Hundefreunde – gute sympathische Leute – und Hundegegnern oder Hunden gegenüber gleichgültigen Leuten – eher unsympathische Leute. Unsere ganze Weltanschauung änderte sich und wir kamen die letzten 10 Jahre mit vielen Leuten ins Gespräch, mit denen wir vielleicht oder ganz sicher sonst nie Kontakt gehabt hätten.

Letztes Jahr hatte Hans´ Bruder sein großes Geburtstagsfest an der Rheinhütte. Es waren ca. 50 Personen anwesend und ein Partyservice verwöhnte uns kulinarisch. Leslie war dabei und während des Essens brav bei mir unter dem Tisch. Als das Zeremoniell seinem Ende zuging, jeder schon 2-3 Mal essen geholt hatte, und im Moment keiner aufstand um Nachschub zu holen, dachte Leslie, meine Stunde ist gekommen. Sie ging in der Mitte zwischen den Tischen, wie auf einem Laufsteg, gemäßigten Schrittes nach vorne, setzte sich im Sitz vor die Anrichte an der eine Bedienung immer noch mit Braten auf hungrige Gäste wartete, fixierte die Frau und wartete. Sie legte den Kopf etwas schief und ließ einen leisen Pfeifton ab. Sie hat im Handumdrehen auch dieses Frauenherz erweicht und bekam auf einem Extrateller, eine Extraportion, an einem Extraplätzchen. Es konnte niemand behaupten, sie habe wie ein Hund gebettelt. Sie war sehr weltgewandt und zurückhaltend. Man könnte sagen »Feine englische Art«. Unser Old Englisch Sheepdog!

Als wir mal wieder auf Mallorca waren und Leslie wegen ihrer Bänderdehnung an der Schulter noch nicht so viele Treppen steigen sollte (unser Schlafzimmer liegt im Obergeschoß) war auch Patrick ein paar Tage zu Besuch. Hans hatte Schmerzen im Knie und konnte Leslie nicht hoch-, geschweige denn nach unten tragen. Sie wollte aber um keinen Preis alleine unten schlafen, sondern wie immer auf ihren Platz neben unserem Bett. Sie hätte sich überanstrengt, wenn sie die steile Treppe gelaufen wäre. Also trug Patrick sie abends hoch und morgens runter. Sie gewöhnte sich sofort daran und fand es toll von ihm getragen zu werden. Sie quietschte ihn an, wenn sie zwischendurch auch mal hoch wollte, weil ich vielleicht mal eben hoch gelaufen war. Am Treppenabsatz stellten wir einen Stuhl hin damit sie nicht alleine hoch lief. Auch als Patrick uns ein anders Mal wieder besuchte und sie völlig gesund war, pfiff sie ihn an und meinte er könne sie ja wieder tragen. Das war sehr lustig. Also auch der Hund ist ein »Gewohnheits – Mensch«!

Einmal hielten wir unterwegs an einem Parkplatz, weil Hans dringend Pipi musste. Leslie und ich stiegen auch mit aus, man muss jede Pause nutzen. Leslie ging schnurstracks auf Hans zu, hob das Bein (Leslie war ein Mädchen) und pinkelte ihn ein paar Tropfen auf den Schuh. Das war einmalig! Man ist vor Überraschungen nie geschützt. Wenn sie Pipi machen wollte, aber in ihrem fröhlich Laufschritt war und nicht gerade schnupperte, hopste sie mit beiden Hinterläufen gleichzeitig nach vorne und somit in die Pipi – Grundstellung. Auch so ein Ausdruck von Freude und Datendrang.

Ich habe das Gefühl, wenn ich meine Erinnerungen täglich aufschreibe, ich sie am Leben erhalte:

> Und immer sind da Spuren deines Lebens
> Bilder, Augenblicke und Gefühle,
> die mich an dich erinnern
> und mich glauben lassen
> dass du bei uns bist.

Ich sehe dich immer glücklich, z. B. vom Boot ins Wasser springen, dein zartes nehmen von den kleinsten Gutis, dein Gassi – Fröhlich – Gang, dein Arschwackeln á la Tussi beim Paßgang, deine stolze Körperhaltung beim Beifahren, deine Zufriedenheit wenn wir beide dich gleichzeitig streichelten, wenn ich ganz leise beim fernsehen einen Schokoriegel unter der Decke auswickelte, du warst im Garten und spürtest es trotzdem, kamst sofort rein und ein Blick sagte, keinesfalls ohne mich. Ich hätte dich den ganzen Tag knuddeln können, du warst immer so goldig. Wenn du dich mir oder anderen Leuten, wenn der Schalk dich übermannte, von hinten durch die Beine drängeltest, meist mit Ball im Maul und so zu spielen auffordertest. Du konntest nie leiden, wenn ich beim Gassi, das ja ausschließlich für dich bestimmt war, stehen blieb und mich mal kurz mit jemand unterhielt, der uns entgegen kam. Es war deine Stunde und die sollte ich nur mit dir verbringen. Du hast gebellt und wolltest unser Ballwurf – und bring Spiel fortsetzen ohne Unterbrechung. Ich sang dir manchmal beim Gassi was vor, oft spontan selbst gedichtet, wo dein Name drin vorkam oder deine Kosenamen. Ich war auch glücklich und entspannt, wenn ich mit dir laufen ging. Es war Entspannung pur, man war frei von jeglichen Alltagsproblemen, wenn man dich so glücklich sah.

Wenn ein Rüde an ihr schnupperte, drehte sie sich nach kurzer Zeit um und schnappte in die Luft. Wenn wir mit anderen Hunden Gassi machten, und es fanden sich Wasserpfützen auf unserem Weg, lief sie wahnsinnig gerne mitten rein und wenn ich nicht schnell genug reagierte, legte sie sich mit einer Wonne mitten in die Dreckbrühe. (Nähere Beschreibung nicht nötig). Gingen wir alleine, machte sie es nicht!

Wenn wir Boot fuhren und du Pipi wolltest, hast du gepfiffen, aber meist spürte ich es schon vorher. Wir fuhren ans Ufer, du stiegst selbständig aus, sprangst an Land und postwendend nach Erledigung zurück. Du warst immer vorbildlich auf Reisen, im Hotel, im Restaurant. Wir konnten dich überall mit hinnehmen. Es war so eine schöne Zeit, ich vermisse dich so sehr und alles was wir nicht mehr gemeinsam erleben durften. Aber gleichzeitig bin ich froh und dankbar, dass alles was wir schon gemeinsam erlebt haben und das war nicht wenig, mein Leben so bereichert hat und so schön war.

Plötzlich ist alles anders. Ich fühle mich wie amputiert. Zur Gassi Zeit werde ich unruhig. Du fehlst an allen Ecken und Enden. Ich vermisse deine Begrüßung, wenn ich nur schnell mal alleine einkaufen war und du mir mit deinem Stofftier entgegen ranntest und mich begrüßt hast, als ob ich ewig lang weg gewesen wäre. Deine Freude, wenn ich überflüssigerweise sagte, Leslie du darfst mit. Ich vermisse dich schrecklich!

Es heißt so schön, die Dankbarkeit verwandelt die Erinnerung in stille Freude. Ich hoffe, ich bin auf diesem Weg. Es dauert noch einige Zeit bis ich über den schlimmsten Schmerz über deinen Verlust hinweg bin, aber du wirst immer in meinen Gedanken, aktiv wie immer, weiterleben. Du warst für mich einmalig.

Ich habe von Catherine eine E-Mail bekommen, eine Passage daraus lautet:

Deshalb sorge dich nicht um das, was morgen sein wird. Jeden Tag gibt es genug, um das man sich sorgen muss. Und das Heute ist das Morgen, über das du dir gestern Sorgen gemacht hast.

30.05.05

Heute früh las ich meine Aufzeichnungen im Bett bis hierher durch und durchwandelte alle Passagen aufs Neue.
Im Büro fing ich an es im PC ins Reine zu schreiben.

01.06.05

Heute ist unser letzter Arbeitstag bevor wir morgen nach Mallorca fahren und auf den Spuren einer glücklichen Vergangenheit wandern. Das erste Mal ohne Leslie. Mir ist ganz schlecht. Es wird hart werden ohne sie am Strand zu sitzen. Ich habe nur schöne Erinnerungen dort und werde sie in Gedanken noch einmal Revue passieren lassen. Sonst habe ich für sie vorher immer Futter in Portionen abgepackt, Gutis, Bälle, Verbandszeug, ihre Schlafdecke, ihr Matschboxsack mit Utensilien für die 1. Übernachtung in Frankreich vorbereitet, und jetzt? Ich überlege, was nimm ich alles mit? Für mich diesmal ganz wenig, was brauche ich schon, wenn ich Leslie nicht mehr habe, nichts, nur das nötigste.

Für Dolly unsere Katze, die nicht mehr von meiner Seite weicht und auch die ganze Nacht in meinem Bett liegt, bereite ich alles vor, damit sie von Sonia in unserer Abwesenheit gut versorgt werden kann. Gestern habe ich Katzen Brekkies gekauft und stand vor dem Regal wo auch Hundegutis angeboten werden!

Heute habe ich wieder mit Ingeborg eine Radtour gemacht, diesmal im Wald. Wir haben Leslies Grab besucht. Die beiden Stöckchen mit denen ich ein Kreuz gemacht habe, liegen noch genauso da, auch das kleine Steinchen in Herzform, das ich auf unserem Lager gefunden habe. Ingeborg sagte, dass sie auch oft an Leslie denke und es ihr auch nahe ginge, obwohl sie ja nie eine Beziehung zu Hunden gehabt hätte, aber nun doch 2 Jahre mit Gassi gegangen sei. Sie sagte Leslie ging es so gut, dass man überlegen könnte, das nächste Mal als Hund von mir auf die Welt kommen zu wollen. Diese Aussage war sehr nett.

Hans hat heute Mittag gesagt, er kann sich gar keinen anderen Hund vorstellen – kleiner, größer, anders, wenn noch mal einer – welcher? Ich winkte ab, denn ich brauche Zeit, um meine Trauer zu überwinden. Ich bin nicht der Typ, nur um schnell zu vergessen oder abgelenkt zu sein, einen neuen Hund zu holen.

Aber auch ich wüsste nicht welcher. Es wird nie wieder einer so sein wie Leslie, das ist ja klar. Ich werde immer ihr Andenken bewahren und will warten, bis ich vielleicht wieder so weit bin. Vorher möchte ich keinen anderen. Es wäre auch einem neuen Hund gegenüber ungerecht, da ich ihm mein Herz noch nicht schenken könnte. Ich will, wenn es so weit wäre, ganz dahinter stehen. Vielleicht entscheidet mal der Zufall, ich forciere nichts. Ich will gar nicht darüber sprechen, wenn, muss es aus vollem Herzen kommen.

Wir sitzen im Garten, essen zu Abend und mir fällt die E-Mail von Catherine ein:
Genieße das Leben – es kann morgen schon vorbei sein! Es stimmt, aber trotzdem muss man erst mit einem Schicksalsschlag fertig werden. Ich bemühe mich so zu denken und ab und an gelingt es mir auch: Leslie mochte mich auch fröhlich lieber als bedrückt.

02.06.05

Ich durchstreife in meinen Gedanken die letzten 10 Jahre mit Leslie und es fallen mir so viele schöne Erlebnisse, Begebenheiten und Alltägliches ein, dass ich gar nicht dauernd an diesen Freitag, den 20. Mai denken muss.
Heute früh fiel mir ein, dass nun in diesem Jahr keine einzelnen Grasbüschel mehr in der Wiese wie Höcker wachsen werden, die Stellen wo sie Pipi machte.

Einmal als wir auf der Fahrt nach Spanien waren und hatten kein Hotelzimmer im Voraus gebucht und auch keines mehr fanden, hielten wir auf einem Parkplatz, mitten in der Nacht. Wir luden Koffer und Taschen nach vorne auf Fahrer- und Beifahrersitz und klappten die Rückbank um. Hans legte sich als erster hinten rein und schwups lag Leslie neben ihm, natürlich total breit gemacht und beide schauten mich an. Ich sollte wohl draußen bleiben. Also noch mal von vorne, beide noch mal raus. Zweiter Anlauf: Zuerst Hans rein, dann ich rein, ganz schnell natürlich und dann in die Mitte Leslie. Für mich war es ziemlich eng mit meinen zwei Dickmanns.

Leslie fehlt an allen Ecken und Enden.

Heute früh fuhren wir nun los nach Spanien. Auf der Fahrt – zuerst fuhr ich bis nach Genf – war es noch nicht so schlimm, da ich mich auf den Verkehr konzentrieren musste. Sonst hielten wir bis dahin 1 oder 2 Mal und spazierten jeweils ein bisschen. Diesmal hielten wir nur schnell zum Pipi, aber auch an dieser Raststätte sind wir mit ihr schon gelaufen. Heute habe ich das erste Mal nicht geheult. Als ich dann bis Montpellier Beifahrer war, vermisste ich ihren Kopf, der sich von der Rückbank zwischen unsere Arme drückte und ihr schnaufen. Ihr aufmerksames Gesicht, wenn sie rausschaute, ihre Körpersprache, wenn ich spürte sie will Wasser oder muss Pipi oder Scheißi. Ihr Pfötchen welches sie mir manchmal vorstreckte und mich stupste, oder ich will auch was, wenn es raschelte und wir eine Kleinigkeit aßen oder naschten. Wir haben für heute Abend wie immer ein Zimmer gebucht, jedoch war trotz meiner Bestätigung alles besetzt. Dort hatten wir immer ein Zimmer im Erdgeschoß mit Terrasse. Es ging ebenerdig in einen schönen Garten mit Swimmingpool. Sie konnte wie zu Hause draußen liegen, unsere Terrassentüre blieb offen, es gefiel ihr sehr.

Hans fuhr jetzt gerade an unserem Rastplatz Girona vorbei. Ich war entsetzt, denn ich wollte kurz aussteigen und ein kleines Gassi machen. Er sagte, hättest du es doch gesagt. Ich dachte, das muss ich nicht extra erwähnen, es ist selbstverständlich. Vielleicht sollte ich aber auch nach vorne schauen.

An diesem Rastplatz mit dem kleinen Park haben wir schon 2 oder 3 Mal den Ball mit der Schnur, ihr Wurfgeschoss, versehentlich auf einen Baum geworfen und ihn in mühseliger Kleinarbeit, indem wir Stöckchen gesammelt haben, die uns Leslie immer wieder wegnahm, mit Stöckchen hochwerfen versucht ihn wieder herunter zu bringen. Frauchen mit ihrer einmaligen Wurfkraft hätte ihn notgedrungen hängen lassen müssen, aber Herrchen hat es geschafft. Leslie hat dazu gebellt und sich gefreut, als er endlich wieder runter flog. Jetzt geht an den kurzen Rasten alles so schnell. Wir machen nur schnell Pipi, Hans trinkt einen Kaffee und weiter geht es. Ich sage zu Hans, wir bewegen uns gar nicht mehr. Sonst sind wir draußen rumgehüpft und machten dadurch auch längere Pausen. Es ist kaum zu glauben, aber alles ist anders. Trotzdem haben wir die letzten beiden Wochen, seit wir Leslie nicht mehr haben, nichts gemacht, was wir nicht mit ihr auch gemacht hätten. Das heißt doch, wir vermissten nichts, sondern bekamen im Gegenteil so viel Liebe von ihr.

In Barcelona angekommen, holen wir unsere Tickets und laufen den gleichen Weg wie immer in ein Restaurant, welches wir schon 2 Mal jeweils im Juni mit Leslie besuchten. Wir sahen viele Hunde, große und kleine. Wieder am Schiff zurück, fuhren wir in den Bauch, das erste Mal ohne Leslie. Wir brachten keine Fenstergitter an, ließen das Schiebedach nicht offen und verabschiedeten uns in Gedanken von ihr. Mir wird bang ums Herz. Schnell streichelte ich noch zwei Hunde, die schon im Käfig saßen und bellten. Oben auf unseren Plätzen angekommen, war es um mich geschehen. Ich musste heulen. Heute brauche ich keine Reiseübelkeitstablette für das Schiff, ich bräuchte eher eine für gebrochene Herzen. Mir ist schlecht. Wie werden die nächsten zwei Wochen auf Mallorca ohne sie? Ich weiß es nicht. Ich bin plötzlich müde und versuche jetzt ein bisschen zu schlafen.

04.06.05

Gestern Abend als wir ankamen, haben wir Magdalena, Pepe und Petit begrüßt. Mir kamen gleich die Tränen. Petit freute sich und wollte nach dem Essen wie immer gleich auf meinen Schoß, rollte sich zusammen und schlief. Ich habe ihn gestreichelt. Als wir dann im Bett lagen, heulte ich mich in den Schlaf. Ich stellte ein Foto von Leslie auf meinen Nachttisch. Als ich wach wurde (nachts auch 2 Mal) vermisste ich als erstes Leslie, ihre Begrüßung und meine Streicheleinheit. Wenn ich sonst morgens ins Bad ging, legte sie sich aufs Sofa im Raum gleich nebenan und wartete bis ich fertig war um zum 1. Gassi aufzubrechen, das von der Finca den Weg entlang bis zur Landstrasse führte. Dort lud uns Hans dann ein paar Minuten später ein und wir fuhren zum Strand. Heute lief ich trotzdem das Stück in Erinnerung, aber wir fuhren nur zum Supermarkt. Mir geht es heute gar nicht gut. Ich frage mich, was schlimmer ist, dass sie nicht mehr lebt, sie lebte so gerne, oder wie sie sterben musste, oder dass ich sie nicht mehr habe. Wieder mache ich mir Gedanken, ob wir nicht hätten warten sollen. Ich zählte mir wieder auf, was dafür sprach. Vielleicht wäre ein Wunder geschehen? Waren alle zu voreilig? Mir ist schlecht und ich habe Durchfall. Hier stehen 2 Näpfe von ihr, eine Ersatzleine, ihr »Bad«, welches wir in Form einer großen Gummizementwanne, immer für sie zum erfrischen parat gemacht haben.

Hans sagt wir machen in den Sommerferien was ganz anderes und fliegen z. B. nach Canada. Ist mir auch recht. Ich leide. Darf ich leiden, nachdem sie gehen musste und mir außerdem so viele schöne Jahre und Erinnerungen mit ihr schenkte?

Manche Leute denken vielleicht, stellt die sich an, es war doch nur ein Hund. Aber das können sowieso nur Menschen nachvollziehen, die ein Tier haben oder gehabt haben und das gleiche schon durchmachten.

Ich habe vorgestern, beim wegfahren von zu Hause in allerletzter Sekunde doch noch schnell meine Malutensilien eingepackt. Ich weiß noch nicht, ob mich die Muse küsst, ohne Leslie. Sie hat mich immer in meiner Kreativität beflügelt, denn wenn ich glücklich bin, bin ich immer voller Datendrang. Sie lag neben mir, wenn ich töpferte, wenn ich malte hinter mir und ich bin mal beim zurückgehen um das Bild von weitem zu betrachten, über sie gestolpert. Es ist uns beiden nichts passiert. Sie schaute mir zu, wenn es ihr dann zu lang dauerte, pfiff sie oder ging nach oben. Auch beim Steinbildhauen, das ihr irgendwie gefiel, obwohl es ja lauter ist, lag sie neben mir und ließ sich von den kleinen herabfallenden Steinbröckelchen berieseln. Wenn Catherine mit Lucy, Birgitta und Ingeborg dabei waren, gefiel es ihr noch besser.

Wäre es für mich einfacher gewesen, sie wäre nicht einge-
schläfert worden, sondern am Samstag, den 14. Mai, als sie
so plötzlich kollabierte, gestorben? Und für sie auch, da sie
nicht noch am Dienstag von 11-18 h beim Tierarzt bleiben
musste und all diese Untersuchungen über sich ergehen
lassen musste. Am Mittwoch noch mal von 9.30 h bis 12 h
und am Freitag 1 Std. als ich bei ihr dabei bleiben durfte,
als Herzultraschall und EKG gemacht wurde. Ich weiß es
nicht. Ich weiß nur sie ist nicht mehr da und fehlt mir so
sehr. Hans fehlt sie auch, er sagte mir, er hätte nie gedacht,
dass es auch für ihn so schlimm sein würde.

Sie fehlt mir jeden Augenblick. Ich vermisse ihr Fell, das
ich so oft gestreichelt oder nur im Vorbeigehen berührt
habe oder durch meine Finger gleiten ließ. Es fehlt mir
ihre Begrüßung beim Aufwachen. Ich möchte sie knuddeln. Ich möchte sie ins Auto einsteigen lassen und dabei
sagen« Leslie mach hobbel ». Wenn ich sie ansprach legte
sie immer ganz aufmerksam ihren Kopf in die Seitenlage.
Das war so goldig. Sie war so in mein Leben integriert. Ich
würde gerne alles so weitermachen wie bisher. Mich um
sie kümmern und sorgen.

Wenn wir im Hotel übernachteten, ging Hans morgens
immer zuerst mit ihr Pipi und danach schon mal vor zum
frühstücken, bis ich noch ganz gerichtet war. Heute stand
er fertig da und fragte, was soll ich jetzt machen? Er ging
kurz zum Auto und dann schon mal vor – wieder so ein
Ritual. Selbst das ganze Ambiente vom Hotel gefällt uns
nicht mehr, man sieht alles mit anderen Augen.

Jetzt sind wir wieder off Road Richtung Spanische Grenze.
Dies ist die Erinnerungsfahrt nach Mallorca auf die Finca.

Mallorca und Leslie haben wir gleichzeitig entschieden, denn mit einem Hund wollten wir nicht fliegen.

Es gibt so viele Dinge, die man automatisch geregelt hat und die einem jetzt, wo wir sie nicht mehr machen, sehr auffallen. Z. B. Füße unter dem Tisch ausstrecken im Restaurant oder bei Freunden. Beim Aussteigen aus dem Auto, wollen wir automatisch nach hinten gehen und für Leslie die Heckklappe öffnen, oder wenn sie mal warten musste, die Fenster ein Stück öffnen, das Schiebedach aufmachen, die Alarmanlage umstellen. Viele, viele Handgriffe die mir jetzt fehlen.

Wenn sie das Gassi verlängern wollte, hat sie immer irgendwo unauffällig ihr Wurfgeschoss liegen lassen und als ich es merkte, sagte ich Leslie hol den Ball. Es gefiel ihr dann unter meiner Aufsicht und Anfeuerung, »Leslie wo ist er, such«. Sie lief im Wieselschritt zurück und tat suchend – eine weitere Verzögerung. Hatte ich dann keine Lust mehr und lief weiter, lief sie zielstrebig an eine Stelle in der Wiese und brachte es. Zwischendurch ließ sie aber auch mich suchen und als ich ihn dann gerade nehmen wollte, kam sie angerannt und schnappte ihn mir vor der Nase weg – ein schönes Spiel.

Wenn wir von zu Hause weggingen, ließ ich sie oft zur Haustüre raus, damit sie nicht die Treppen nach unten zur Garage laufen musste und sagte »Komm Frauchen holt dich unten ab«. Sie verstand alles und wartete am Gartentürchen. Wenn ich sie kämmen wollte, in einem Raum ein Stück vom Büro entfernt, sagte ich »komm, kämmen, eine schöne Lelli machen«. Sie kam sofort unter dem Schreibtisch hervor und lief voraus zu dem Raum. Dort hob ich ihre Vorderpfoten auf den Tisch und hob ihr das Hinterteil hinauf. Sie ließ sich gerne kämmen, nur an Bauch und Pfoten nicht so gerne. Wenn wir fertig waren, hob ich sie runter, sagte Schütteln und geh zu Sonia und zeig ihr, dass du eine Schöne bist. Sie stürmte ins Büro, lief sofort zu Sonia und ließ sich bewundern und streicheln. Im Restaurant hat sie nie vom Tisch gebettelt und lag brav unter dem Tisch. Oft sagten andere Gäste als wir gingen, sie haben ja einen Hund dabei, so eine schöne knuddelige, die hat man gar nicht bemerkt. Ja, unser kleiner Bobtail!

Zu Hause lag und liegt immer noch ihr Rheumahundekissen in einem blauen Überzug auf dem Boden neben dem Sofa. Auf das Sofa legten wir immer abends zum kuscheln eine blaue Decke. Da wusste sie, jetzt kann sie hoch hobbeln. Lag sie nicht drauf, ging sie auch nicht hoch, das wusste sie, sondern sah mich an und dann wusste ich, Decke holen. Sie hatte auch ein paar kleine Quietschfiguren. Die nahm sie ins Maul, ließ sie wild quietschen und hüpfte dazu wie ein Zirkuspferd. Goldig!

Im Z3 mochte sie keine Musik. Machte ich mal an, gab sie ganz komische Töne ab und hob die Pfote. So zeigte sie ihr Missfallen. Waren wir in einem Restaurant und ich hatte keinen kleinen Wassernapf dabei, ging ich mit ihr zur Toilette, machte am Waschbecken den Wasserhahn auf und sie stellte sich mit den Vorderpfoten hoch und trank direkt vom Strahl. Auch an Brunnen, sofern sie hinkam, trank sie lieber vom frischen Strahl als vom Becken. Als Kimba noch jünger war, rannte sie mit ihr im Gleichschritt über weite Wiesen, sie sind fast geflogen. Sie sahen so schön aus mit ihren langen, wehenden Haaren.

In Barcelona, als wir vor der Überfahrt mit der Fähre noch einen Spaziergang machten, hat sie mal direkt auf den Zebrastreifen geschissen. Mich beunruhigte dies nicht, ich holte halt den Beutel raus und war froh, dass dies auch noch raus war. Hans lief natürlich schon mal weiter. Ein anderes Mal hüpfte sie in Ermangelung einer Grünfläche in einen Pflanztrog und machte Pipi. Leider hatten wir da gerade keinen Fotoapparat zur Hand.

Als sie noch ziemlich klein war, besuchten wir mal Frau Rast, eine alte Freundin von Hans´ Mutter. Sie fühlte sich nicht so wohl und war schon zu Bett gegangen. Als wir zu ihr ins Zimmer kamen und sie mit Leslie sprach, ging sie gleich wedelnd zu ihr hin und durfte sie abschlecken. Sie sagte komm zu mir und Leslie durfte in ihr Bett springen und kuschelte sich an sie. Frau Rast sagte uns, ihr werdet glücklich sein mit einem Hund. Er nimmt euch zwar ein bisschen von eurer Freiheit, aber er gibt euch so unendlich viel zurück, ihr werdet um ein Vielfaches an Freude und Glück zurückbekommen. Damals konnte ich dies noch nicht so genau abschätzen, aber ich kann nur sagen ich denke oft an Frau Rast und diese wahren Worte. Sie war eine kluge Frau und hatte ein Leben lang Hunde.

05.06.05

Wir sitzen nun hier am Strand von Sa Rapitá, wie immer am gleichen Platz. Wir laufen ins Meer und ich heule wie blöd. Hier würde ich sagen hat sie sich am glücklichsten gefühlt. Sie war in ihrem Element. Baden, schwimmen, sandeln. Die »Kiwis« aus dem Meer, die am Strand getrocknet sind, fangen, spielen und sich im Schatten neben uns wieder ausruhen. Ich vermisse sie hier wahnsinnig stark. Niemand sagt oh que quappa oder perros no possible a playa. Warum durfte sie es nicht noch ein paar Mal erleben? Hans sagt, jetzt schimpft kein Spanier, wenn ein Hund mit am Strand ist, aber es ist jetzt langweilig und ohne Gemotze auch nicht schöner. Wir vermissen sie und ihre Fröhlichkeit sehr. Diesen Spruch habe ich auf der Herfahrt in einer Zeitschrift gelesen:

Seine Freude in der Freude des anderen finden zu können, das ist das Geheimnis des Glücks (Georges Bernanos)

Mehr als dass dies ganz genau stimmt, kann ich dazu nicht sagen. Wir erfreuten uns immer an ihrer Freude, jeden Tag aufs Neue.

Auf der Finca ist die Terrassentüre in Leslies Nasenhöhe vom letzten Urlaub noch vertatscht, wie ich es jahrelang gewohnt war, zu Hause auch. Ich putze sie erstmal nicht, eine kleine sichtbare Erinnerung. Im Schlafzimmer habe ich eine Klette gefunden, wie sie hier auf Mallorca oft in ihrem Fell hingen und ich sie minutenlang rauspulte. Ich habe sie noch mit ein paar Haaren versetzt liegen gelassen und dann in einem Döschen mit nach Hause genommen. Am Korbstuhl auf der Terrasse hingen am Stuhlbein einige Haare von ihr. Ich machte sie nicht weg.

Im ersten Winterurlaub auf Mallorca, als sie über das Grundstück und die Pampa lief, selbständig unterwegs, brachte sie ein ganzes Hühnerbein mit, welches wir ihr natürlich wegnahmen.

Wenn die Terrassentüre zu war, schaute sie rein und drückte ihre Knopfnase dagegen. Öffneten wir nicht sofort, hob sie noch eine Pfote und stupste gegen das Glas und manchmal wenn sie es ganz eilig hatte sogar im Stand mit 2 Pfoten. Dann hieß es, aber flott aufmachen.

Dass die Liebe das Wichtigste im Leben ist, hat uns Leslie in ihren fast 10 jährigem Leben gezeigt, bestätigt und bewiesen. Ihr Dasein hatte einen tiefen, wichtigen Sinn. Es gibt ein Lied, darin heißt es »Halte fest, den der dich liebt«. Für uns Menschen sehr wichtig.

Letzter Silvester war das 1. Mal seit Jahreswechsel 1996/97, das erste Jahr 95/96 ausgeschlossen, wo wir nicht um Mitternacht in Porreres auf der Plaza standen, 12 Trauben aßen, zu jedem Glockenschlag eine, und uns was für das kommende Jahr wünschten. Mir gefiel der Brauch sehr. Wir nahmen eine Einladung an. Ich sagte zu Hans wir gehen aber trotzdem auf die Plaza, es können ja alle mit, oder wer will. Es stellte sich aber so raus, dass keiner wollte und so wir leider auch nicht gingen um die Gesellschaft nicht auseinander platzen zu lassen. Aber andere ließen sie dann um 00.30 h platzen. Ich sagte zu Hans ich habe ein komisches Gefühl, hoffentlich bringt das kein Unglück. Ich soll wie immer nach meinem Gefühl gehen und mich nicht beirren lassen, das sage ich immer. Ich werde es in Zukunft auch auf biegen und brechen wieder tun, ohne Rücksicht auf andere, oder falsch verstandene Höflichkeit. Man kann darüber denken wie man will, ich bin nicht abergläubisch, aber mein Gefühl sagt mir, wo es lang geht, da kann ich mich immer darauf verlassen. Ich mich – auf meine persönlichen Entscheidungen, sobald aber andere reinfunken oder man eben aus »Anstand« denkt, man müsste jetzt was anderes machen, geht es nicht so gut. Ich erzählte es heute Hans und er sagte nicht viel dazu, nur dass wir nächstes Mal wieder gehen. Was heißt das?

06.06.05

Jetzt sitzen wir am Strand von Sa Rapitá, unseren Strand. Es ist richtig langweilig. Sonst schwammen wir erst mit ihr, warfen dann »Kiwis«, schmissen Sand, damit wir, wenn auch Leslie im Schatten Pause machte, ein bisschen lesen oder dösen konnten.

Bis wieder nach höchstens 15 Minuten ein leises und lauter werdendes Pfeifen zu hören war, welches bedeutete, dass sich mindestens einer von uns auf den Weg ins Wasser machen sollte. Oder sie lag »paniert« im Schatten, stand auf, schüttelte sich natürlich genau neben uns und wenn wir eine Zehe im Sand bewegten, stürzte sie sich darauf und buddelte im Sand und ich mit ihr. Das alles vermisse ich auch sehr.

Als wir vor Jahren auf Mallorca eine einsame Bucht entdeckten, mussten wir um sie zu erreichen, ziemlich steil auf kleinen kurzen Wegchen hinunter klettern. Leslie kletterte gut. Als wir uns unten angekommen auf die großen Felsen legten, welche weit ins Meer hinausragten, immer mit Schatten Stellen für Leslie, war sie so begeistert, dass sie sich auf den Felsen ganz vorne hin stellte, pfiff und ins Meer hinab schaute, ca. 1,50 m hoch. Sie drehte sich um und wartete auf unser »Leslie spring« oder »nein«, je nach dem, wie gefährlich es war und wir den Untergrund untersucht hatten. Außerdem mussten wir überprüfen, wo sie auch ohne uns wieder raus kam. Wir riefen »Leslie spring«, und sie trippelte noch ein bisschen auf der Stelle, um dann mutig in das große, tiefe Nass zu springen. Es sah so schön aus mit ihren langen Haaren und machte natürlich einen großen Platsch. Wenn sie dann schwamm, schwamm auch ihr Fell auf der Wasseroberfläche, so dass sie mindestens doppelt so breit aussah und die Schnauze dagegen ganz dünn. Sie sah lustig aus. Danach dirigierten wir sie von außen, wo sie entlang schwimmen soll und wieder raus laufen sollte. Danach kletterte sie sofort wieder zu uns auf den Felsen. Dies wiederholte sie dann ein paar Mal hintereinander. Wenn Herrchen auch mit machte, war es doppelt schön und sie sprühte vor Lebensfreude. Frauchen ist kein so ein Unterwasser Typ. Danach legte sie sich in die schattige Kühle zwischen 2 Felsen, trank aus ihrem Napf und schlief ein bisschen. Aber nur bis zur nächsten Runde!

Mit Frauchen ging sie dann zwischen drin normal schwimmen im Abstand meiner Armlänge, damit sie mich nicht kratzt. Sie freute sich wahnsinnig, wenn ich dort am Strand saß, wo die kleinen Wellen auslaufen und mir noch die Beine umspülten, weil ich mit beiden Händen einfach neben mich in den nassen Sand griff und ihr die Pampe (fränkisch: Läbberi) ein paar Meter ins Meer schmiss. Sie hüpfte im Wasser hin und her und konnte nicht genug davon bekommen, übrigens in jedem Alter. Auch letztes Jahr noch. Ich hätte nicht gedacht, dass sie mal was am Herzen hätte. Sie war so trainiert.

Das schöne am Tier ist, es kann genießen, ohne an Morgen zu denken, geschweige denn die Endlichkeit zu erfassen. Dies muss Genuss pur sein. Das beruhigt mich!

Am Strand rannte sie, wie auch sonst wenn wir beide dabei waren, zwischen uns hin und her, in einem Spring-Renn-Schritt, die größte Freudenbekundung und bremste kurz vor mir ab, um das gleiche in Herrchen-Richtung zu tun.

Wenn wir uns mit dem Boot den Rhein hinunter bis Eglisau treiben ließen, lag unsere Diva hinten auf der Sonnenliege und ließ sich schaukeln. Sie machte dabei ein ähnliches Gesicht und hatte eine Körperhaltung – zwar im Platz – wie im Z3 auf der Beifahrerseite. Nach dem Motto: Hallo hier bin ich und lass es mir gut gehen. Sie konnte es nie erwarten, bis Hans das Boot von der Plane befreit hatte und sie endlich rein springen konnte. Meine Leslie!

Und immer sind da Spuren deines Lebens, Bilder, Augenblicke und Gefühle, die uns an dich erinnern und uns glauben lassen, dass du bei uns bist.

Ich vermisse die Scheißhaufen, die sich während unseres Urlaubs auf dem Weg von unserer Finca zur Straße ansammelten und wir im Dunkeln mit der Taschenlampe leuchteten, dass wir nicht in die »Sch… bringt Glück« traten. (Unser Privatweg). Ich vermisse alles.

Meine Mutter hatte einen Spruch in einem Bilderrahmen aufgehängt. Er hieß: Herr, schicke was du willst, ein Liebes oder Leides. Ich bin vergnügt, dass beides aus deinen Händen quillt.

Es stimmt. Hätte ich jetzt nicht so viel Leides, d. h. die unendliche Trauer um sie, hätte ich vorher auch nicht so viel Schönes mit ihr erlebt.

Also Fazit: Lieber jetzt die Trauer als sie gar nicht kennen- und lieben gelernt zu haben. Ein Trost? Ja!!!

Einmal als wir im Winter auf der Finca Urlaub machten agierte Leslie als Rauch –Feuer – Melderin. Wir hatten zu Hause den Kamin an und fuhren nach Manacor, gingen spazieren und wollten dort chinesisch essen gehen. Wir fanden aber das empfohlenen Restaurant nicht, fuhren einige Straßen ab und entschieden uns dann nach Hause zu fahren um bei uns zu essen. Spanisch wollten wir an dem Tag nicht. Leslie sprang zu hause angekommen aus dem Auto, ging als erste ins Wohnzimmer, rannte augenblicklich wieder raus und hüpfte sofort ins noch offene Auto zurück. Wir sahen ihr entgeistert zu und dachten was ist denn jetzt los? Wir liefen ins Zimmer, wir konnten noch nichts riechen. Unsere Spürnase natürlich schon und witterte Gefahr. Wir sahen uns um – nichts. Da aber Leslie auf Biegen und Brechen nicht wieder rein wollte, schauten wir noch mal genauer und sahen, dass neben dem Deckenbalken leicht Rauch austrat, aber nur so dünn wie bei einer Zigarette. Leslie war wieder toll, sie hat uns auf die Gefahr aufmerksam gemacht. Wären wir essen gegangen, hätte das Haus gebrannt, wären wir ins Bett gegangen, auch. So konnte Hans die Paneele von der Decke reißen, das Feuer im Kamin ausmachen und Wasser in einem speziellen Behälter als dünnen Strahl hoch spritzen, etc. Es verlief ein Olivenholzbalken, der am Besten brennt, durch den Kamin. Leslie hat die Finca und uns gerettet.

Ich bin so froh sie all die Jahre an meiner Seite gehabt zu haben. Sie war immer ein guter Freund und immer um mich herum.

Uns so fing unser Unglück an:

Ich bemerkte vielleicht ab Mitte April, dass sie beim Gassi Retourweg nicht mehr so sprang wie sonst. Der Hinweg verlief wie immer, sie rannte fröhlich ihrem Ball hinterher. Am Rückweg trug sie ihren Ball im Maul, das machte sie sonst auch um ihn ab und zu liegen zulassen und um so das Gassi zu verlängern. Also nicht sonderlich auffallend. Im April war es dann schon mal ziemlich warm und ich dachte wir müssen bald wieder zu späterer Stunde gehen. Einmal sagte ich zu Ingeborg, man merkt eben langsam, dass sie schon fast 10 Jahre alt ist. Es ist ja normal, dass sie etwas langsamer wird oder nicht mehr so ausdauernd. Sie war bis heute sehr viel fitter als andere Hunde schon mit 7+. Ende April merkte ich, dass ihr Kot weniger war als sonst, ich wunderte mich, da man nicht das Gefühl hatte, sie sei krank oder fühle sich nicht wohl. Ich kontrollierte morgens und abends wie immer. Sie war nie ein großer Fresser oder schneller Futterverschlinger. Sie ließ auch mal ihr Futter unberührt oder fraß es dann irgendwann nachts. Dazwischen war wieder ein Tag dabei wo der Kot normal groß war. Sie hatte nicht Durchfall, man sah auch nicht, dass sie Mühe hätte und sich anstrengen müsste. Ich beobachtete sie weiter.

Sonst war sie wie immer. Die 1. Halbzeit Gassi bellte sie, wenn ich nicht schnell genug den Ball warf und rannte über die Wiese um ihn zu holen, und wie gesagt den Rückweg, der ohne rennen von statten ging, schrieb ich ihrem Alter zu. Ilona hat mir von einem Futter aus Schweden erzählt, welches qualitativ äußert hochwertig sei und ich dachte das probiere ich aus. Ich gab es ihr das erste Mal am 02. Mai. Sie war derart begeistert, dass sie fast die Schüssel mit fraß. Ich freute mich, dass sie so wild drauf war und es ihr so gut schmeckte. Die folgenden 8 Tage stand sie schon neben der Schüssel und konnte es kaum erwarten, bis ich es zerdrückt und ihr Canosan darunter gemischt hatte. Ich freute mich wahnsinnig. Scheißi war mal mehr und mal weniger. Am 10. Mai fraß sie keinen Bissen. Ich wunderte mich und da es 5 verschiedene Geschmacksrichtungen gibt, die sie aber alle schon durchprobiert hatte mit gleichem Erfolg, und machte ihr eine Dose der anderen Geschmacksrichtung auf. Nein – sie wollte nicht fressen. Am nächsten Tag dasselbe. Daraufhin kochte ich ihr Hühnerbruststückchen, mischte es darunter, stellte es ihr sogar ins Wohnzimmer neben ihr Decke – nichts. Nach 30 Minuten nahm ich es wieder in die Küche, wusch die Hühnerbrustteile unter Wasser ab und gab sie mit etwas Olivenöl in die Pfanne. Danach bot ich ihr den Napf (abgekühlt) wieder an. Nichts. Ich nahm später Stück für Stück in die Hand (hand gehalten) und fütterte sie. Sie hat die 2 Hühnerbrüste gefressen, was auch nicht so viel war und schlief weiter.

Am 11.05.05 machte ich ihr dann Hackfleisch, sie fraß es im Wohnzimmer aus ihrem Napf. Auch wenn ich tagsüber Hundekuchen anbot, fraß sie 2-3 Stängelchen und bettelte keine weiteren. Als wir ihr noch eins anboten, wollte sie auch nicht so wie sonst.

Am Freitag, den 13.Mai machte sie morgens und abends kein Scheißi. Ich machte ihr abends 1 Putenschnitzel wieder mal in ihr Lieblingsfutter gemischt, nichts. Ein paar Hundekuchen konnte ich ihr füttern.

Als sie am Samstagmorgen (Pfingstsamstag) auch nicht machte und auch kein großes Gassi machen wollte, rief ich beim Tierarzt an. Wir fuhren sofort los und erreichten die Praxis um 11.30 h. Wir mussten noch eine gute halbe Stunde warten und Leslie hatte dort Angst wie immer. Im Behandlungszimmer wurde sie abgetastet, Fieber gemessen, in Augen, Ohren, Maul geschaut und das Herz abgehört. Ohne Befund. Ich bekam 2 Klistier mit und eine weißliche Flüssigkeit, die ich ihr täglich 2 x 2,5 ml in einer Plastikspritze abschlecken lassen sollte. Das Klistier sollte ich nachmittags bevorzugt im Garten geben, klar. Als wir kurz nach 13 h zu Hause waren, aßen wir noch schnell eine Kleinigkeit und wollten nachmittags in den Schwarzwald zu Bekannten fahren und mit Leslie einen großen Spaziergang durch Wald und Wiesen machen. Ich sagte zu Hans, bevor ich jetzt gleich das Klistier mache und wir nicht in den Schwarzwald fahren, gehe ich gleich jetzt noch mal Gassi, vielleicht macht sie ja und ich kann ihr das Klistier ersparen. Gesagt –getan.

Ich sagte Leslie gehen wir Gassi? Sie sprang freudig auf wie immer und ging mit mir die Treppe runter zur Garage. Ich drückte auf den Knopf, die Türe ging langsam hoch und Leslie rannte, sobald sie genug Platz hatte, hinaus wie ein Pfeil. Ich nahm nur noch meinen Regenschirm aus dem Kofferraum und stand am Hof. Ich sah sie nicht und rief. Sie kam prompt aus Nachbars Garten, wo sie schnell eine Runde drehte. Ich rief Leslie, komm Gassi und sie lief im Gassi – Trippel – Schritt vergnügt auf mich zu. Nach höchstens 10 Metern, drehte sie plötzlich im wahrsten Sinne des Wortes Richtung Gartentürchen ab, ich sah ihr nach und dachte warum will sie jetzt nicht, passt doch gar nicht zu ihrer Freude – und schon sah ich zu wie sie zuerst mit dem rechten Vorderlauf einknickte, sich hoch rappelte, dann mit dem linken einknickte, sich hoch rappelte und plötzlich – aber alles in Sekundenschnelle – nur noch auf den Hinterläufen stand, in der ganzen Körperlänge gerade nach oben, wie ein Zirkuspferd und dann seitlich, ein bisschen nach hinten umfiel. Sie lag seitlich da, alle viere gerade von sich gestreckt, so wie sie oft schlief oder auch wie tot. Ich lief die paar Meter zu ihr hin, rief ihren Namen, kniete mich neben sie. Sie war bewusstlos und reagierte nicht. Ich ging durch die noch offene Garage und schrie nach Hans, der sofort runterkam und sich neben sie kniete, sie steichelte und sie ansprach. Ich holte das Telefon und rief sofort die Nummer vom Tierarzt an um vom Anrufbeantworter die Nummer des dienst habenden Notfallarztes am Pfingstsamstag, den 14. Mai zu erhalten. Hans holte unterdessen den Kombi und fuhr so nahe ran wie es ging. Ich zitterte und konnte kaum wählen. Nachdem ich mich mindestens 3 Mal verwählt hatte, sprach ich mit dem Arzt. Ich beschrieb ihm die Situation und er sagte, es klingt nach Epileptischem Anfall. Ich sagte sie zuckt aber gar nicht, liegt ganz ruhig da und wir kommen sofort. In diesem Moment als ich noch mit dem Tierarzt sprach, Hans war gerade wieder bei ihr, hob sie im Liegen den Kopf und schaute uns ein wenig verdattert an. Ich sagte zum Tierarzt sie wird wieder wach, lief auch zu ihr. Sie stand von alleine auf, lief zum offenen Kombi und bis wir uns versahen, sprang sie rein ohne unsere Hilfe, wie immer. Das beruhigte mich kurz wieder. Sie war ca. 3-4 Minuten bewusstlos. Beim dienst habenden Arzt wurde wieder wie am Morgen bei meinem Tierarzt, Fieber gemessen, Ohren, Maul, Augen kontrolliert, abgetastet und das Herz abgehört. Er konnte nichts feststellen und sagte noch mal, er vermute einen epileptischen Anfall. Es könnte sein er käme nur 1 x vor, bald wieder oder nie mehr, es wäre aber gut in den Griff zu bekommen. Bei ihr dauerte es ja nicht lange, manche Hunde wären bis zu 1 Std. im Krampf. Ich wiederholte noch mal sie hatte keinen Krampf und es zuckte nichts, nicht mal ein Auge. Eine andere Möglichkeit zog er nicht in Betracht. Ich fragte, kann ich etwas tun und er antwortete es könne bei älteren Hunden eine Stoffwechselerkrankung Auslöser für einen Epileptischen Anfall sein. Ich könnte bei meinem Tierarzt eine Blutuntersuchung machen lassen, nach Pfingsten. Ich dachte für mich Stoffwechsel, schlechtes Scheißi und kein Appetit könnte zusammen passen. Das hieß für mich, am Dienstag rufe ich bei meinen Arzt an, lass Blut nehmen und wir sehen weiter. Als ich dort anrief wussten sie schon Bescheid. Ich muss noch hinzufügen, dass sie an diesem Abend noch zu meiner Zufriedenheit Scheißi machte. In den Schwarzwald fuhren wir natürlich nicht mehr. Ich gab ihr dann nachmittags die Flüssigkeit die für Kotabsatz sorgen sollte (nach Rücksprache mit dem Arzt), aber natürlich kein Klistier. Abend noch mal und am So und Mo je 2 mal und Scheißi war wieder gut. Am Sonntag waren wir essen und danach an unserer Hütte am Rhein. Es kamen uns noch ein paar Wanderer besuchen und eine Dame spielte mit Leslie, warf ihr Stöckchen und Ball und sagte noch, machen sie sich keine Sorgen, der Hund kann nicht krank sein.

Also am Dienstag hatte ich um 11 h einen Termin bei meinem Tierarzt. Ich dachte an nichts anderes als an Blutabnahme. Er schaute sie an, maß Fieber, etc. und hörte sie ab. Es war nun 3 Tage nach dem Kollaps. Er machte ein sehr ernstes Gesicht, hörte ziemlich lange ab und sagte sie habe starke Herzrhythmusstörungen. Nach einiger Zeit gab er mir das Stethoskop in die Ohren damit ich es auch hören konnte. Ich hörte, dass es nicht gleichmäßig schlug, aber war so aufgeregt. Leslie hatte ja auch immer Angst beim Tierarzt, ich dachte vielleicht ist das die Ursache. Er hörte nach kurzer Zeit noch mal ab und sagte das klingt nicht gut. Er fühlte Puls an den Innenseiten der Hinterläufe – Bauch und meinte das Verhältnis stimme nicht überein. Er will sie hier behalten, Blut nehmen, EKG machen, Röntgen vom Brustkorb und Herzultraschall sollte gemacht werden. Ich war total verdattert, stimmte zu und musste Leslie dort lassen. Sie schaute mich völlig entsetzt an, als ich sagte sie solle brav sein, Frauchen kommt gleich wieder, ihr Blick ging mir durch Mark und Bein. Beim verlassen der Praxis musste ich schon heulen. Er sagte ich solle ihn um 16 h anrufen. Die nächsten 4 ½ Std. waren schlimm für mich, für Leslie sicher auch, ohne mich. Was hatte das alles zu bedeuten, wahrscheinlich nichts Gutes.

Um 16 h rief ich an, er war gerade am Behandeln und rief mich um 16.45 h zurück. Das war für mich schon das Todesurteil von Leslie: Er sagte beim röntgen des Brustkorbes stellte er fest, dass sie außer den Herzproblemen 2 Lungentumore hätte, die ganz deutlich am Röntgenbild zu sehen sind. Außerdem diffuse Veränderungen im Brustkorb, wie Flüssigkeit, die nicht zu deuten wäre. Das EKG sei furchtbar schlimm, Blutergebnisse seinen noch nicht da. Ich könne sie um ca. 18 h abholen. Er will nachher noch mal ein EKG machen. Ich sagte zu Hans, du musst mit, ich kann mir vor Aufregung nicht alles merken.

Wir holten sie ab, sie freute sich unbändig als die Helferin sie uns ins Wartezimmer brachte. Wir mussten noch eine halbe Stunde warten und konnten dann mit dem Arzt sprechen. Er zeigte uns zuerst die Röntgenbilder und in einem Buch, wie es normal aussehen würde. Wir sahen die Unterschiede. Aber Krebs dachte ich, könnte ja auch langsam weiter wachsen, wenn der Hund schon älter ist. Dies war auch nicht so sehr das Hauptproblem. Er zeigte uns das EKG, welches keinem glich, welches ich vorher (vom Mensch natürlich) schon gesehen hatte. Runde Linien und keine glich der anderen, total unregelmäßig. Ich fasste nach einem Strohhalm und fragte, ob es nicht die Aufregung sein könnte, etc, aber es stand fest, dass es sehr schlimm war. Er sagte wir könnten sie heute mit nach Hause nehmen und gab mir Herztabletten in Kapselform mit, eine für heute, Dienstagabend und eine für Mittwoch früh. Am Mittwoch, den nächsten Tag sollten wir um 9.30 h wieder dort sein zum nochmaligem EKG und Punktion der undefinierbaren Flüssigkeit im Brustkorb, Leber und Milz. Um 12 h konnte ich meine arme Leslie, die alles so über sich ergehen lassen musste, wieder abholen. Er sagte sie war sehr brav. Er versprach mir schon am Dienstag, als sie so viele Stunden dort bleiben musste, wenn sie recht aufgeregt wäre, gibt er ihr was zur Beruhigung, aber er meinte, das war nicht nötig. Am Mittwoch holte ich sie also um 12 h ab und bekam Herztabletten, die ich ihr am Mittwoch abend 2 Stück und am Donnerstag früh und Abend je 2 Stück geben sollte. Bis Freitag zum Termin um 8.30 h hatten wir nun Ruhe, da sollte dann noch mal EKG nach Herztabletten gemacht werden und Herzultraschall durch eine Kardiologin. Als wir ankamen, Leslie brachte ich kaum vom Auto raus, sie wollte nicht schon wieder in die Praxis, teilte man mir mit, das Blut sei ok, aber Krebs erkenne man mitunter erst im Endstadium im Blut. Beim nochmaligen EKG das als erstes gemacht wurde, blieb ich heute dabei. Das Ergebnis war wieder furchtbar.

Danach gingen wir in einen anderen Raum zum Herzultraschall. Das Licht wurde ausgeschaltet, man sah den Monitor. Leslie wurde wieder ans EKG, das automatisch mitlief, angeschlossen. Sie bleib ganz brav liegen, ich streichelte sie mit der rechten Hand am Hals und mit der linken hielt ich ihre Vorderpfote, damit die Kardiologin mit dem Ultraschallgerät gut an ihr Herz heran kam. Rasiert wurde sie schon am Mittwoch an der Stelle. Wir waren ca. eine halbe Stunde beim Ultraschall und sie machte verschiedene Aufnahmen. Das EKG wurde am Monitor in Form von Zahlen, Herzfrequenz, Herzschlag, Puls, ich weiß nicht mehr genau, jedenfalls gingen die Zahlen von 250 auf 180, auf 90 auf 350, 70, 250 u.s.w. und stolperten dauernd in dieser großen Differenz hin und her. Sie tat mir so leid, sie hechelte stark, blieb aber brav liegen. Ein paar Mal musste ich ihr die Schnauze zuhalten, damit das Bild nicht verfälscht wurde, aber nur kurz. Dann mussten wir sie einmal drehen, um die Aufnahmen von der anderen Seite zu machen. Immer wieder wurden Bilder geschossen. Plötzlich zeigte sie mir eine Stelle, wo wahrscheinlich Blut oder eine Flüssigkeit eingesickert ist und dann noch einen Tumor am Herzen. Er könne plötzlich aufgehen, erklärte sie mir und dass einer schon eingeblutet hätte. Ich begriff die ganze Tragweite noch nicht richtig oder endgültig. Der Arzt kam herein und sagte das Ergebnis der Punktion sei per Fax gekommen. Die diffuse Flüssigkeit oder verschwommene Stelle im unteren Brustraum sei ein Karzinom, also Krebs bösartig. Leber und Milz seien ok. Das und das Ergebnis am Ultraschall sollte ihr Todesurteil sein. Die Kardiologin erklärte mir, ich müsse sie einschläfern lassen, ich könne ihr so einen schlimmen Todeskampf und Tod nicht antun, wenn ich sie auch nur ein bisschen liebte. Außerdem wäre es auch furchtbar für mich, wenn ich beim Todeskampf speziell dieser Krankheit zuschauen müsste. Ich fühlte mich als schlägt mir jemand mit dem Hammer auf den Kopf. Ich konnte mich nicht mehr beherrschen und heulte. Sie erklärte mir, es könne jeden Moment passieren, oder auf unserem Heimweg, heute Nacht, morgen früh, in höchstens ein paar Tagen bei den Ergebnissen und dass es für sie ein grausamer Tod wäre. Der andere Arzt sagte das gleiche und da mein Tierarzt, der die Woche über die ganzen Untersuchungen machte, frei hatte, riefen sie ihn an, gaben ihn die restlichen Ergebnisse durch und mir das Telefon, damit ich mit ihm auch noch sprechen konnte. Er sagte es tut ihm sehr leid, aber es wäre besser für Leslie, er würde es bei seinem Hund auch so machen um ihn vor den Todesqualen zu schützen. Es sei alles so schnell gekommen und er versteht, dass ich keine Zeit gehabt hätte mich darauf einzustellen. Ich ließ mir von ihm und der Kardiologin alles noch mal drei Mal wiederholen. Ich fragte ob ich die Ergebnisse und somit den nahen Tod von Leslie nicht einfach zur Kenntnis nehmen könne und warten bis sie wie am Freitag, den 14. Mai kollabiert, also umfällt und tot ist. Sie sagten nein, das war nur ein Kollaps, wenn sie stürbe, hätte sie einen grausamen Todeskampf und sie würde qualvoll und langsam ersticken.

Sie würden es so bald als möglich machen, die Kardiologin fragte wie weit ich nach Hause hätte, da sie schon bald mit dem schlimmsten rechnete. So machten wir für denselben Abend um ca. 18.30 h ab, dass der Tierarzt zu uns nach Hause kommt. Ich wollte wenigstens, dass es in ihrer Umgebung passiert und nicht in der Praxis. Ich verließ blind vor Tränen, Angst und Trauer die Praxis. Leslie habe ich schon 10 Minuten vorher ins Auto gerettet, vor dem Telefongespräch mit dem Tierarzt. Von 10.30 h bis 18.45 h wurden die schlimmsten Stunden meines Lebens.

Ich rief sofort Hans an, sagte ihm die erschütternde Wahrheit und fuhr automatisch wie betäubt nach Hause. Mit Leslie neben mir am Beifahrersitz wie immer. Ich streichelte sie die ganze Heimfahrt und heulte. Sie schaute mich an und dachte wahrscheinlich, was tut die denn heute so blöd oder spürte sie was los war? Sie tat mir so unendlich leid. Ich war jedenfalls am Ende. Auf der Heimfahrt hielt ich noch schnell bei Lucy, ihrer Hundefreundin, sie stieg aus, begrüßte sie wie immer mit Mäulchen abschlecken. Wir blieben ca. 10 Minuten, damit sie sich noch einmal sahen. Ich heulte nur. Als ich im Büro ankam sagte ich zu Hans, gehen wir in der Mittagspause an unsere Hütte am Rhein, wo sie so gern war, essen die Suppe von gestern mit Tafelspitz (das Fleisch wollte ich alles Leslie füttern) und sind einfach dort unten. Hans meinte dann gehen wir aber gleich. Wir fuhren heim, holten Topf und Brot und fuhren die 10 Minuten zum Rhein. Leslie war zögerlich und freute sich nicht so wie sonst. Sie lag im Combi hinten und nicht so wie sonst, wenn es Richtung Rhein geht, dass sie im Sitz saß und pfiff und es nicht erwarten konnte. Unten angekommen, stieg sie aus und legte sich sofort unter den Tisch. Normalerweise hüpfte sie raus und wollte dass man Stöckchen warf. Ich dachte die ganzen Untersuchungen und auch die Angst haben sie etwas vergrault. Sie blieb die ganze Zeit unter dem Tisch liegen. Ich sagte zu Hans das Fleisch bekommt alles Leslie und schnitt es ihr in ein Schüsselchen. Sie schnupperte kurz, ich gab ihr ein Stück von Hand, aber sie drehte sich weg und wollte nicht. Auch keinen so geliebten Hundekuchen, das war schon komisch. Wasser hat sie getrunken, sogar ziemlich viel und öfter. Sie spürte meine Unruhe aber trotzdem ist der Rhein und die Hütte für sie immer die reine Freude gewesen. Hans fragte, wo willst Du sie begraben, ich heulte wieder und sagte laufen wir mal und schauen.

Leslie stand auch mit auf und ging en paar Meter mit. Wir liefen umher, aber Leslie war bald wieder unter dem Tisch verschwunden. Sehr ungewöhnlich für sie, da sie immer wenn einer von uns aufstand, sofort kam, bellte und dachte jetzt geht es zum Stöckchen werfen. Wir suchten eine geeignete Stelle aus und gingen wieder zu ihr. Nach 13 h fuhren wir ins Büro zurück, Leslie und ich stiegen in mein Auto um und fuhren heim. Ich ließ sie aussteigen und machte das Gartentürchen auf, damit sie nicht Treppensteigen musste. Die folgenden Stunden bis ca. 18.30 h waren für mich die Hölle. Ich wollte die letzten Stunden mit ihr genießen. Ich legte unsere Decken auf das Sofa und sagte Leslie komm hobbi. Sie wollte nicht und blieb auf ihrer Decke liegen. Ich wollte mit ihr kuscheln. Ich holte Schokolade, welche ich kurz vorher auf der Heimfahrt noch schnell kaufte, die Beste von Lindt und sie kam auf das Sofa. Ich fütterte ihr fast die Hälfte, sie nahm sie gerne. Doch danach wollte sie wieder runter und legte sich mitten ins Wohnzimmer auf den Boden und sah mich an. Daraufhin heulte ich wieder, sie spürte natürlich meine furchtbare Nervosität. Ich dachte für mich, sei so wie immer, nur für sie, um sie nicht noch mehr zu beunruhigen. Aber es gelang mir nur bedingt. Ich wollte ihre Nähe spüren und legte mich zu ihr auf dem Boden. Ich streichelte sie, aber kurz darauf stand sie wieder auf und legte sich auf ihre Decke am Boden. Es schien als flüchtete sie vor mir, meiner Nähe oder meiner Nervosität oder meiner Tränen. Ich setzte mich wieder auf das Sofa und sah sie an. Die Vorstellung, dass sie heute Abend nicht mehr da sein wird, war furchtbar grausam für mich. Ahnte sie auch, dass sie sehr krank war oder fühlte sie sich nur etwas unwohl oder war wegen meinem Verhalten verstört? Die Kardiologin sagte, diese starken Herzrhythmusstörungen soll ich mir so vorstellen, wie wenn ich starkes Herzrasen hätte. Schwindelig, zumindest ab und zu, wäre es ihr sicher und sie hätte sicher mit Übelkeit zu kämpfen. Deshalb würde sie auch nicht oder nicht gut fressen.

Ich rief Ingeborg an, sie fragte soll ich kurz vorbeikommen? Sie kam und blieb eine Stunde. Ich telefonierte wie abgemacht noch mal mit Catherine und sie sagte sie wolle auf alle Fälle kommen und sich noch von ihr verabschieden. Dieses Wort »Abschied« wühlte mich wieder innerlich und äußerlich auf. Ingeborg ging wieder. Ich sagte, ich will noch ein letztes Gassi mit Leslie alleine machen.

Dies alles so bewusst zu tun machte mich fertig. Ich dachte wieder, wenn es doch am Samstag, den 14. Mai passiert wäre. Diese Entscheidungen sind furchtbar. An diesem Tag, den 20. Mai, war es ziemlich warm und so fuhren wir um ca. 16.40 h an den Schneckenberg, wo ich im Hochsommer, wenn wir früher als 19.30 h oder 20 h gingen, mit ihr lief. Es liegt am Waldrand, den ganzen Tag im Schatten und ist immer angenehm von der Temperatur. Sie saß wie immer neben mir am Beifahrersitz, niemand hätte bemerkt, dass sie krank ist. Ich parkte und Leslie stieg auf meiner Seite wie immer aus. Sie schien sich auf das Gassi zu freuen, ihr Letztes. Mir brach es fast das Herz, als wir zu unserem letzten Gassi aufbrachen. Normalerweise sprang sie dort raus, lief ins hohe Gras neben dem Weg und bellte vor Vorfreude zum Stöckchen werfen. Heute lief sie nur ins hohe Gras. Ich lief auf dem Weg. Sie lief auf gleicher Höhe wie ich, aber meldete kein »Stöckchen holen wollen« mit Bellen an. Ich überlegte ihr trotzdem eines zu werfen, traute mich einerseits nicht, wegen der Möglichkeit sie über anzustrengen und dass eventuell das eintritt, was mir die Kardiologin prophezeite, andererseits wollte ich sie noch mal glücklich sehen. Ich entschied mich ein kleines Stöckchen aufzuheben und es auf meinem Weg nur ca. 3 Meter vor mich zu werfen, aber ohne direkte Aufforderung. Sie sah es, kam aber nicht angerannt wie sonst, sondern lief gemütlich auf meinen Weg hoch, nahm dann das zweite, welches ich in der gleichen Weise vor mich hin warf und trug es. Unser Gassi dauerte nur ca. 15-20 Minuten. Ich blieb auch immer wieder stehen, damit es auch wenn wir nicht so weit gingen, etwas länger dauerte.

Die Gedanken schwirrten mir im Kopf und ich konnte es nicht fassen, dass dies das Letzte sein sollte. Ich sang ihr was vor, was ich öfter beim Gassi tat, bis mir die Stimme versagte und ich wieder heulte. Sie lief ohne das Gassi verlängern oder verzögern zu wollen, den gleichen Weg mit mir wieder zurück. Beim Morgen Gassi an diesem Tag fanden wir eine Nussschale am Weg. Die musste ich immer mit dem Fuß ein Stück vor mich her stoßen und sie hüpfte um die Schale rum, berührte sie mit der Pfote, dann war ich wieder dran, ein tolles Spiel, welches wir auch mit Tannenzapfen machten. Ich wunderte mich an dem Morgen, da ich ja schon wusste, dass ihr Herz schlimm dran ist, dass sie das ein ziemlich großes Stück schaffte. Ich hörte dann aber auf, da ich befürchtete, es überanstrengt sie. Der Arzt sagte, sie hat dies alles sehr lang noch kompensiert. Aber kann das sein, oder gefiel es ihr so gut, dass sie alles gab, ein Hoch hatte und dann wieder langsam machte, da sie spürte es stimmt was nicht?

Wir stiegen also an dem Abend kurz nach 17 h wieder ins Auto und machten uns auf die kurze Rückfahrt nach Hause. Unsere letzte gemeinsame Fahrt!

Am Mittwoch habe ich sie noch ein bisschen gekämmt, nicht die ganze Stunde wie sonst, ein bisschen nur, heulte immer wieder (da wusste ich zwar noch nicht, dass wir uns nur noch bis Freitag Abend hatten, aber dass es so sein würde, dass ich sie die nächste Zeit verlieren werde) und dachte hoffentlich ist das nicht das letzte Mal.

Letztes Kämmen, letztes Gassi, letztes Kuscheln, letztes Abschlecken, letztes Drücken, letztes Fressi. Ich machte noch ein paar Fotos, zuerst wollte ich nicht, doch dann lag sie so schön im Garten, dass ich doch noch einige machte. Sonst kam sie mir immer entgegen, wenn ich mit dem Foto ankam oder bis ich ihn holte, lag sie woanders etc. An diesem Tag war sie ein professionelles Model. Sie schaute mich an, dann nach links, rechts, im Platz. Ich machte noch ein paar Nahaufnahmen von ihrem Gesicht, Augen und Knopfnase. Ich liebte sie so.

Dann kam Catherine, sie stand auf als sie Catherine sah, lief zu ihr, begrüßte sie und holte wieder ein Kuscheltier. Mir brach es das Herz, dass sie nicht weiterleben durfte, sollte… Ich dachte wieder, soll ich es doch nicht machen und leierte mir in Gedanken und mit Catherine besprechend alle Diagnosen noch mal runter, immer wieder. Hans kam auch noch mal für ca. 1 Std. heim, um noch etwas bei ihr zu sein. Unsere Stimmung war düster.

Ich wollte sie in Würde gehen lassen, ohne Rücksicht auf mich, nur mit Rücksicht auf sie – wie mir ja 3 Ärzte geraten und an mein Gewissen appelliert haben. Hans sagte es wäre egoistisch, wenn ich es darauf ankommen ließe, sie qualvoll sterben zu lassen, nur damit ich sie vielleicht noch 1, 2, 8 oder 10 Tage streicheln könne. Ich wollte immer alles richtig machen für sie, damit sie sich wohl fühlt und ein schönes Leben hat bis zum Schluss. Und dieser große, endgültige Schritt gehört eben auch dazu. Ich musste da durch. Sie wurde aus einem erfüllten Hundeleben gerissen.

»Unser Herz will dich halten,
unsere Liebe dich umfangen,
unser Verstand muss dich gehen lassen,
denn deine Kraft war zu Ende
und deine Erlösung eine Gnade«

Ihre Kraft war zu Ende, kann man optisch so nicht sagen. Sie lag nicht da und kam nicht mehr auf, wie bei Gelenkkrankheiten oder wahnsinnigen Schmerzen. Es war ja das Herz und hat das äußerliche Bild von todkrank verfälscht. Ich wollte sie nicht grausam mit Atemnot ersticken lassen, was passiert wäre, entweder jede Stunde oder absehbare Tage.

Meine Nerven wurden immer gespannter je näher es auf 18 h ging. Den Hundekuchen, den ich ihr den ganzen Tag schon anbot, fraß sie dann als Catherine kam. Ich konnte es nicht glauben und sagte sie frisst ja wieder. Doch Catherine meinte sie würde es nur wegen ihr fressen, da sie vielleicht dachte, gleich kommt Lucy, die nicht mit dabei war und frisst es ihr weg? Vielleicht war es so!

Jetzt kommen die schwersten Zeilen meines Lebens:

Es war ca. 18.30 h. Der Tierarzt mit Helferin und Hans kamen in den Garten. Catherine, Leslie und ich saßen draußen. Sie lief ihnen entgegen, begrüßte sie, holte wieder ein Kuscheltier, brachte es ihnen, ohne in dem Moment zu ahnen, was ihr bevorstand.

Ich konnte gar nicht hinsehen. Mir kam es vor, als wenn der Henker kommt.

Als der Tierarzt nach kurzen erklärenden Worten wie es nun vonstatten geht und schon mal seine Tasche öffnete, die er zu Boden gestellt hatte, verdrückte sich Leslie ängstlich ins Wohnzimmer. Mir brach es schier das Herz. Ich ging rein, wollte sie rauslocken, fasste sie leicht am Halsband, was meist dazu führte, dass sie aufstand, wenn sie mal nicht wollte. Sie wollte nicht und ich bat Catherine, sie zu holen. Ich schaffte dies nun psychisch nicht mehr. Sie redete ihr gut zu, ich sah nicht hin. Hans und die anderen warteten im Garten. Ich saß am Tisch. Als sie draußen war, machten wir die Terrassentüre zu. Ich holte noch ihre blaue Sofadecke und legte sie in die Wiese. Nun sollte sie noch an der rechten Vorderpfote rasiert werden, um die Kanüle zu setzen. Das verunsicherte sie und sie hatte wieder Angst wie bei jedem Tierarztbesuch. Das machte mich wütend. Hätte ich das gewusst, hätte ich sie noch am Vormittag in der Praxis rasieren lassen. Hätte ihr somit einmal mehr Angst zu haben erspart. Meine Nerven waren zum zerreißen.

Ich wollte, dass sie auf ihrer Decke im Gras Platz machte, aber sie war ja so verunsichert durch den Tierarzt und legte sich dann 1 m daneben. War auch egal. Ich kniete mich hinter sie und bettete ihren Kopf auf meinen Schoß und hielt ihren Kopf mit beiden Händen, streichelte sie und sprach »beruhigend« auf sie ein. Catherine kniete neben mir, streichelte ihr den Rücken und sprach auch mit ihr. Hans saß am Beckenrand. Der Tierarzt der nach dem Rasieren die Kanüle setzte und mit Pflaster befestigte, nahm eine ziemlich große Spritze raus und sagte uns ja vorher schon, die erste sei eine normale Narkose und dann käme die Überdosis hinterher. Es war eine rote Flüssigkeit, wenn ich mich recht erinnere. Leslie blieb zu dem Zeitpunkt ruhig in meinen Armen liegen. In dem Moment als er die Spritze in die Kanüle einführte, sah ich die Armbanduhr des Arztes, es war genau 18.45 h und die Glocken unserer Kirche fingen an zu läuten, ziemlich lange. Es war wie bestellt und ließen meine Tränen laufen. Als die Spritze

3/4 injiziert war, wollte Leslie hoch und weg. Wir mussten sie fest halten und zurückdrücken. Das war für mich das Schlimmste, denn ich dachte jetzt spürt sie, was wir mit ihr machen, was mit ihr passiert. Die Helferin gab dem Arzt noch mehr und ich rief, geben sie doch lieber zuviel als zuwenig. Was macht das schon aus.

Ich war entsetzt, denn ich stellte mir vor, dass sie langsam einschlief und nicht noch hoch und weg wollte. Hätte ich das gewusst, hätte ich erst auf eine Beruhigungsspritze mit Valium oder ähnlichem gepocht, die sie ein bisschen dusselig gemacht hätte. Ich war ja schon mit dabei als sie eine Narkose bekam, bis sie eingeschlafen war, als sie neben das Auge gebissen wurde.

Dieses Aufbäumen war für mich ein Schock. Die große Spritze war zwar voll, mehr hätte gar nicht reingepasst, ich weiß. Er spritzte noch nach. Dann war sie sofort ruhig, das Herz hörte auf zu schlagen, sie lag »friedlich« in meinen Armen. Ich fühlte in dem Moment gar nichts. Mir liefen ruhig die Tränen herunter. Hans und Catherine berührten mich an der Schulter, das tat gut. Ich saß einfach nur da und hielt meinen Liebling im Arm und war wie betäubt. Es war eine Ruhe um uns herum niemand sprach, auch der Tierarzt kniete noch da. Unsere beiden Nachbarn, hinter den Büschen und Hecken nicht sichtbar, aßen gerade zu Abend, man hörte ihre Unterhaltung, ich hörte sie wie in Watte gepackt. Alles war wie jeden Abend im Frühling oder Sommer, nur wir hatten an diesem Abend ein schweres Päckchen zu tragen. So ist das Leben, der eine hat gerade Freude, der andere Leid. Nach ein paar Minuten Stille, sagte der Tierarzt, das Herz hat jetzt aufgehört zu schlagen. Ich wusste es und bat ihn noch mal zu erklären, warum es unbedingt sein musste, so dass es Hans und Catherine auch noch mal hörten. Wie, warum und wieso. In dem Moment war es ein Trost, dass ich noch mal hörte, es wäre sowieso passiert. Der Tierarzt und die Helferin verabschiedeten sich, ich glaube auch für ihn war es nicht leicht. Ich saß noch ohne Worte ein paar Minuten mit Leslie im Arm im Gras, völlig emotionslos und taub, mit liefen die Tränen herunter, ich hätte noch stundenlang so sitzen können mit meiner Leslie.

Hans und Catherine trugen unsere Wassergläser rein und ließen mich in Ruhe. Dann fragte Hans, wann willst du an den Rhein zur Hütte fahren? Ich sagte gleich und Hans holte das Auto. Ich stand auf und holte noch eine größere Decke. Wir legten Leslie erst in »ihre« blaue Sofadecke, die kleiner war und hoben sie dann zu dritt auf die große Decke. Hans und Catherine trugen sie in ihr geliebtes Auto. Ich holte ein Stofftier von ihr, ein niedliches Schweinchen, ihr Wurfgeschoss, ein gebrochenes Herz aus Raku Ton und eine selbst gebastelte Karte von mir mit Stift und Zettel mit Trauersprüchen. Wir fuhren an unsere Hütte. Vorher fuhren wir am Geschäft vorbei, Hans nahm den LKW mit Schaufel mit. Wir luden noch eine Steinplatte auf, die wir auf ihr Grab legen wollten, damit keine anderen Tiere im Wald buddeln konnten. Catherine fuhr den Kombi, ich saß »betäubt« daneben.

Während ich dies schreibe, durchlebe ich alles zig Mal.

Wir kamen an, die Stelle wo ihr Grab werden sollte, hatten wir ja schon mittags ausgesucht. Hans und Catherine hoben die Grube aus und ich setzte mich bei offener Heckklappe zu Leslie ins Auto und streichelte sie. Ich beschrieb noch alle 3 Seiten meiner Karte und nahm dann endgültig Abschied. Ich sagte ihr wir schön die Jahre waren und dass ich sie nie vergesse. Sie ließen mich mit ihr allein. Sie schufteten mindestens 45 Minuten, bis sie ein perfektes Grab geschaufelt hatten. Als ich Leslie im Auto aufdeckte, war sie wahrscheinlich auch wegen der Decken noch relativ warm. Ich streichelte sie und küsste sie noch ein paar Mal am Kopf, meinen Knuddelbären. Dann trugen wir sie zu dritt an den Decken enden haltend zum Grab. Ich war so froh, dass Catherine dabei war. Sie war so nett und mitfühlend. In so einer Situation Freunde zu haben ist unbezahlbar.

Wir ließen Leslie mit den Decken ins Grab hinab, schauten dass sie richtig liegt ohne irgendwo anzustoßen. Ich legte ihr Kuschelschweinchen zwischen ihre Vorderläufe, Kopf an Kopf, wie sie es gern hatte, legte ihr Wurfgeschoss neben sie, das sie so sehr liebte und ohne das sie nicht Gassi gehen wollte. Das gebrochene Tonherz war symbolisch meines, legte ich daneben und die selbst gemachte Karte mit den Sprüchen. Dann deckten wir sie mit der Decke zu. Ich sagte Leslie Frauchen hat dich immer lieb, machs gut, ich vergiss dich nie.

Hans sagte geht schon mal zur Hütte, ich mach alles, schaut nicht zu, wenn ich die Erde über sie schaufle.

Wir gingen an den Steg, machten eine Flasche Wein auf und warteten auf Hans. Er war schweißgebadet als er zu uns kam. Wir waren alle so traurig, aber zu dritt teilten wir unser Leid. Wir saßen noch 1-2 Std. da und trauerten um unsere geliebte Leslie. Sie wurde praktisch mitten aus dem Leben gerissen mit erst 9 ¾ Jahren. Ich versuchte mich immer zu beruhigen indem ich mir sagte, sie hatte es so schön gehabt. Ingeborg sagte ja, es wäre zu überlegen, bei Renate Hund sein zu wollen!

Leslie ist in Menschenjahren knapp 65 Jahre alt geworden. Bevor wir an dem Abend heimfuhren, gingen wir noch mal zum Grab und ich legte ihr zwei Stöckchen als Kreuz angeordnet auf die Steinplatte, die ihr Grab bedeckt. Catherine machte ein Kreuz aus vier weißen Steinchen und legte es daneben.

Das ganze Leben ist Veränderung, so ein Buchtitel. Man sollte sich an die Veränderungen gewöhnen, aber der Mensch ist ein Gewohnheitstier, wie soll das jemals gehen?

Je schöner und voller die Erinnerungen, desto schwerer die Trennung. Aber die Dankbarkeit verwandelt die Erinnerung in stille Freude. Man trägt das Vergangene Schöne wie ein kostbares Geschenk in sich. (Dietrich Bonhoeffer)

Der Schmerz vergeht und auch die Trauer

Was bleibt ist das Licht und das Leben

Das sie in diese Welt brachte

Ich bin nur in das Zimmer nebenan gegangen. Ich bin ich und ihr seid ihr. Das was ich für dich war bin ich immer noch. Gib mir den Namen den du mir immer gegeben hast. Gebrauche nicht eine andere Lebensweise. Sei nicht feierlich und traurig. Lache weiterhin über das, was wir gemeinsam Lustiges erlebt haben. Ich bin nicht weit weg, ich bin auf der anderen Seite des Weges.

Wir, alle Lebewesen dieser Erde sind nur eine begrenzte Anzahl Jahre auf dieser Welt, das müssen wir uns vor Augen halten. Der eine länger, der andere kürzer. In Anbetracht der Ewigkeit ist es nur eine Sekunde. Doch dieses Beisammensein kann einem soviel Glück und Zufriedenheit geben, dass sogar ein Bruchteil dieser Sekunde ausreicht um alles Glück der Erde zu erfühlen. Ich bin so froh, sie fast 10 Jahre lang an meiner Seite gehabt zu haben und diese einmalige Hundeliebe spüren zu dürfen.

Leslie vielleicht treffen wir uns mal wieder

In ewiger Liebe

Dein Frauchen Nati K.

14.07.2005

Mit diesen Aufzeichnungen habe ich mich selbst gerettet